huohua shoucang 火花收藏

辛亥革命印象

xinhai geming yinxiang

李伟钦　卢志用　邓桂好 编著

岭南美术出版社

图书在版编目（CIP）数据

火花收藏·辛亥革命印象 / 李伟钦，卢志用，邓桂好编著. —广州：岭南美术出版社，2011.9
ISBN 978-7-5362-4768-0

Ⅰ.①火… Ⅱ.①李… ②卢… ③邓… Ⅲ.①火花—收藏—中国—图集②辛亥革命—史料—图集 Ⅳ.①G894-64②K257.06-64

中国版本图书馆CIP数据核字(2011)第198939号

策划编辑：翁少敏
责任编辑：翁少敏 易文翔 罗柳华
责任技编：陆建豪

火花收藏·辛亥革命印象

出版、总发行：岭南美术出版社（网址：www.lnaph.com）
（广州市文德北路170号3楼 邮编：510045）
经 销：全国新华书店
印 刷：深圳市福威智印刷有限公司
（深圳市宝安区龙华街道龙苑大道福威智联华工业园 邮编：518000）
版 次：2011年9月第1版
2011年9月第1次印刷
开 本：787mm×1092mm 1/16
印 张：9.75
印 数：1—3000册
ISBN 978-7-5362-4768-0

定 价：80.00元

前　言

火花又称火柴盒贴画，国外称火柴标签、寸磷票。它是艺术园地的奇葩，属民间五大集藏艺术品之一。火花设计艺术风格多样，小小火花容纳大千世界，享有“百科全书”美誉；火花题材广泛，内容包括历史沿革、风土人情等等。中外火花随着时代的发展，已不仅是火柴盒的商标标记，还具有宣传教育功能，它有着鲜明的民族特色，它形象地反映了社会时代风貌，作为一种历史文化载体，把时间与空间、人物与事件结合，将历史上有意义、有影响的重大事件和重要人物通过方寸画面呈现给世人，是历史的佐证。

毫无疑问，1911年的辛亥革命是中国历史上的一次伟大革命，推翻了清政府，结束了中国几千年的君主专制制度，传播了民主革命思想，为中国的进步打开了闸门。一种新型的、民主共和的政治制度建立起来了。

本书三位作者都是几十年致力收藏、研究火花的资深火花收藏家，为了纪念辛亥革命100周年，他们将几十年来向世界各国火花收藏家重金征购和参与拍卖会竞买得来的珍贵中外清末民初火花藏品遴选出近1000枚见证辛亥革命这段历史的珍罕火花，引用学术界的最新研究成果和最新史料，力求从互动关系来客观研究展示辛亥革命前后的思想潮流发展以及它的历史意义，以此缅怀先烈，激励后人。

本书编写原则是：一、选取中国辛亥革命的历史进程中具有意义和影响的重大事件，依事件发生的先后顺序排列，以年代为序，本着尊重历史、尊重事实，客观地加以记述。二、遴选清末民初以来中国各地、日本华侨办庄及日本等国火柴厂，各个时期配合宣传发行的经典火花作配图，予以历史佐证。三、本书在介绍辛亥革命的历史进程中具有意义和影响的重大的事件时，均按照时间顺序叙述，但有些追记重大事件的火花是在事件发生后数年，甚至数十年之后才发行的，在时间上无法与当时吻合。本书在叙述这部分内容时，忽略了火花发行滞后的时间差，把火花与其当时的事件连缀介绍。这种借鉴编组专题火花的方法，不仅在内容上增加了本书的严谨性，而且对编组专题火花的集花者来说，提供了方便。四、本书中图录的收藏参考价以星级［★］定位，分别按五个等次注明，品相要求根据买卖双方灵活自定，所标参考价：一颗星

[★] 代表200元~500元；两颗星 [★★] 代表500元~800元；三颗星 [★★★] 代表800元~2 000元及以上；四颗星 [★★★★] 代表3 000元~10 000元及以上；五颗星 [★★★★★] 为大珍品、罕见品、可遇不可求，要20 000元~100 000元及以上；珍稀罕见品除了在拍卖会上有成交记录外，没有拍卖过的珍稀品种，收藏家购买时务必根据当时的实际市场需求或以拍卖价格为准。

编著过程中，作者得到国内外众多专家、学者的指点和帮助，广东省人民政府参事、广东省收藏家协会主席陈少湘先生拨冗为本书题写书名，火花收藏家黄汉森、黄振炳、宋继先、李晖、张燕奎先生，清代钞票收藏家蔡小军先生和岭南美术出版社均给予了热情支持，在此一并表示衷心的谢意。

需要指出的是，清末民初历史文物火花，尤其是记录反映辛亥革命历史的火花，迄今为止尚未见有完整的存档资料，更未有完整的目录可供核查。作者虽然花费了不少精力和时间，但囿于作者收藏质量和文化积累有限，该书错误不当和疏漏之处，亦必多有，恳切祈望资深藏家、史学家和读者多予批评指教。

目　录

第一章

晚清时期

辛亥革命的风潮是在清王朝统治阶层一次次自上而下的变法自强举措失败后步步逼近的。

19世纪末，中国晚清时期，帝国主义列强的步步进逼和国内民众愈演愈烈的反抗之声，使得此时的清王朝处于风雨飘摇之中。以慈禧为主导的统治阶级，为了维护皇权、儒学地位以及满族利益，延长清朝统治的寿命，于是决定通过某些局部的、表层的缓进变革举措来阻挠和防止深层的激进变革的发生。

洋务运动应运而生。但是，只要一进入变革（哪怕是微小的变革）的历史轨道，往下的发展就不遂清朝统治者的意愿了。不久后，以康、梁为首的激烈变革——“戊戌变法”出现了。

图1–1 ★

图1–1 康有为像，2003年上海艺术火柴厂发行，以康有为1900年所影照片为底本以版画形式印刷。

第一节 “百日维新”的失败

19世纪末，中国社会最有影响的变革莫过于“戊戌变法”，又称“百日维新”，这是一次资产阶级改良主义的政治运动。

1895年4月，清政府在中日甲午战争中失败，日本逼签丧权辱国的《马关条约》的消息传到北京，康有为（图1–1）、梁启超发动在北京应试的1300多名举人联名上书光绪皇帝，痛陈民族危亡的严峻形势，提出拒和、迁都、练兵、变法的主张。在汉代，各地被征召和举荐的士子都乘公家的车辆到京城，因此传到清代，人们把“公车”作为各省

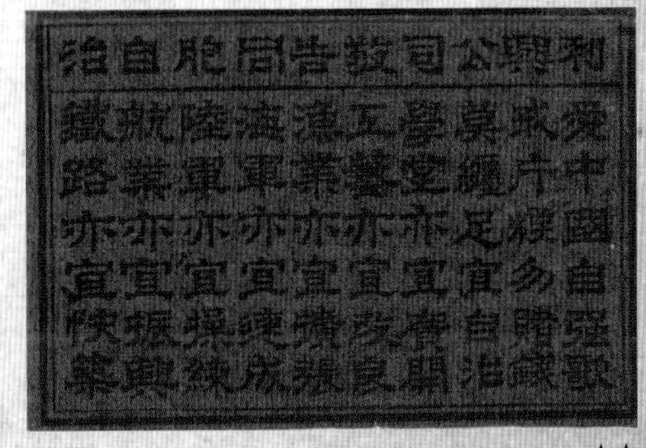

图1–2 ★★

图1–2 中国利兴公司在其火柴背标上刊发《敬告同胞自治》中印有“爱中国自强歌，戒（鸦）片烟勿赌钱，莫缠足宜自治，学堂亦宜广开，工艺亦宜改良，渔业亦宜扩张，海军亦宜速成，陆军亦宜操练，航业亦宜振兴，铁路亦宜快筑”。

进京会试的举人的代称。所以，历史上称这次举人上书为“公车上书”。“公车上书”揭开了维新变法的序幕。继之康有为、梁启超、谭嗣同等人还通过创办报刊，设立会馆、学堂等形式，宣传“救国必须变法”的思想及学习外国兴民权，实行君主立宪的政治观点。

图1-3 ★★★

光绪二十四年四月二十三日(1898年6月11日)，在康有为、梁启超等人的推动下，光绪帝颁布了“明定国是”诏，宣布变法维新。随后光绪帝陆续发出多道新政诏书，一项项改革措施接连出台。政治方面，删改则例，裁汰冗员，澄清吏治，广开言路；经济方面，设立农工商总局、铁路矿产总局，开办实业，改革财政，奖励发明；文教方面，废八股，改试策论，开办京师大学堂，各地设立中小学堂，兼习中西文科，派人出国留学，设立译书局，准许自由创办报刊、组织学会；军事方面，设军工厂，编练新式陆海军，加强国防等等。这些变革有利于中国资本主义的发展和西方科学技术的传播，有利于资产阶级知识分子参与政权。

图1-4 ★★★

图1-5 ★★★

当时我国华商创办的火柴厂：和兴公司、中国利兴公司，相继精心设计推出了一系列支持变法维新、倡导自强的火花。通过火柴销售向中国及东南亚华人聚居区的广大华人华侨进行变法维新的宣传。

然而好景不长，变法很快遭到了来自慈禧太后方面的巨大压力。七月二十七日（9月12日）光绪帝颁布上谕，剀切布告之意于天下，并令“所有关于新政之谕旨，各省督抚，均迅速照录，刊刻誊黄，切实开导。着各

图1-6 ★★★

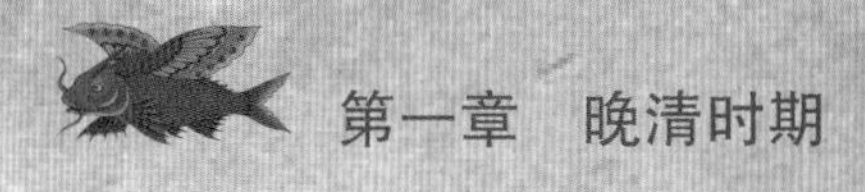

★★★

图1-7

图1-8

★★★

图1-9

★★★★★

图1-10

★★★

★★★

图1-11

图1-12

★★★

州县教官详切宣讲，务令家喻户晓”。两天后则风云突变，面临守旧派的攻击，光绪帝几次密诏维新派商议对策，但维新派无实权，束手无策，只得向光绪帝提议重用袁世凯以对付荣禄。16日、17日，光绪皇帝两次召见袁世凯，授予侍郎职；18日夜，谭嗣同密访袁世凯，劝袁杀荣禄，兴兵救驾。事后，被袁世凯出卖。

1898年9月21日凌晨，慈禧太后将光绪皇帝囚禁于中南海瀛台；然后发布训政诏书，再次临朝“训政”，发动“戊戌政变”。政变后，慈禧太后下令捕杀在逃的康有为、梁启超，谭嗣同等六人被逮捕杀害；徐致靖被处以终身监禁；张荫桓被发配新疆。之前所有新政措施，除开办的京师大学堂外，全部都被废止。历时103天“戊戌变法”宣告失败。

导致此次政变发生和变法失败的原因十分复杂，既有学术之争，也有变法所牵涉的人事之争，但更重要的是与康、梁在推进变法时的方式方法有关。

戊戌变法产生了两个方面的后果，其直接的后果就是国人的“变革”意识增强了，变法形式虽然失败了，但变法的精神却流传了下来。它对后来的清末新政和辛亥革命都产生了影响。它所提出的很多措施，在短短几年之后已走投无路的清廷不得不再次采用。

第二节　清廷“新政”

一方面，经过义和团运动和八国联军侵华，特别是庚子赔款事件后，清廷有如风中之烛，政治败坏，军备

图1–13

★★★★★

图1–14

★★★

图1–15

★★★★

图1–16

★★★★

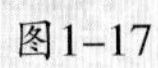
图1-17　★★★★★

图1-18　★★★★

图1-19　★

图1-20　★★★★★

图1-21　★

废弛，文化凋敝，民主革命思潮在全国广泛兴起，各地的斗争接连不断，若不变法，清廷已无法统治下去。另一方面，各帝国主义国家在惩罚了清政府之后，又不断督责清廷进行改革，以确保各国在华利益的实现。在这种内外压力之下，清廷不得不实行“新政”。1901年1月29日，当时还在西安的慈禧太后以光绪皇帝的名义发布了一道新政改革上谕。1902年1月7日，慈禧一行回到北京，在这前后的几年间相继颁布了一系列实行“新政”的上谕，开始推行“新政”。

图1-22 ★

有必要指出的是，清廷在推行“新政”的过程中，资产阶级改良派展开了要求实行君主立宪的立宪运动，并取得清廷和地方一些汉族官僚的支持。慈禧太后为保皇权也曾故作姿态，采取了一些措施，应对“立宪”运动；光绪三十一年九月（1905年10月），清政府派载泽、端方、戴鸿慈、李盛铎、尚其亨五位大臣出洋考察宪政。1906年8月出洋考察的五位大臣经由欧美各国及日本考察后归国，拟出立宪方案，载泽并在《奏请宣布立宪密折》中指出，立宪可以使“皇位永固”、“外患渐轻”、“内乱可弥”，并说明“今日宣布立宪，不过明示宗旨为立宪之预备。至于实行之期，原可宽立年限”。慈禧很赏识载泽的意见，七次召见出洋大臣，并经御前会议反复策划，于9月1日颁布“预备仿行宪政”的谕旨。但预备实行的时间是：“俟数年后规模粗具，查看情形，参用各国成法，妥议立宪实行期限，再行宣布天下，视进步之迟速，定期限之远近。”

图1-23 ★

“预备立宪”谕旨颁布后，立宪运动也由宣传推动阶段进入了发展阶段，各地纷纷建立立宪团体，海外的立宪派也积极响应。1907年2月，流亡海外的康有为将保皇会改组为国民宪政会；同年10月，梁启超

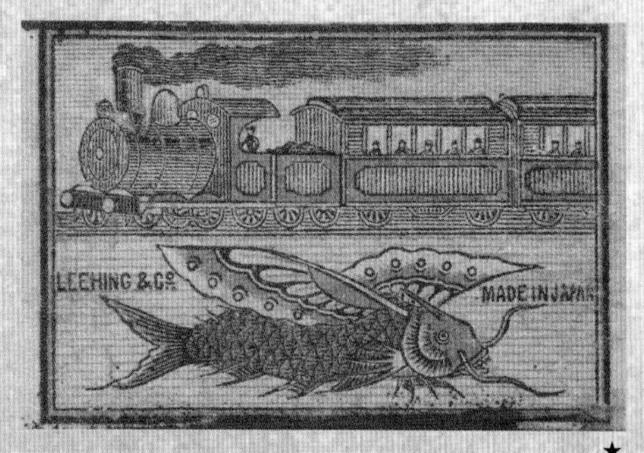

图1-24 ★

图1-25 ★★★

图1-26 ★★★

图1-27 ★★★

图1-28 ★★★

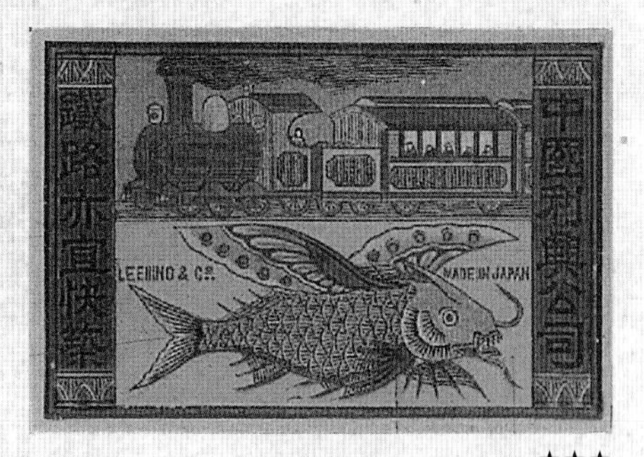

图1-29 ★★★

图1-30 ★★★

图1-31 ★★★★★

图1-32 ★★★

等在东京成立政闻社，鼓吹“预备立宪”。（图1-30至图1-39）

1908年以后，立宪运动进入高潮，立宪派在各地发动了多次要求召开议会的请愿集会。清廷为拉拢立宪派，是年7月批准宪政编查馆、资政院呈报的各省咨询局及议员选举章程奏折，令各省一年内迅速设立咨议局。8月宣布预备立宪以9年为限；9月颁布《钦定宪法大纲》，内有“成立责任内阁、议会制订法律，推行地方自治”等条文内容。（图1-40至图1-43）

1908年11月14日、15日，光绪、慈禧相继死去。11月18日清廷宣布改元宣统，12月2日，3岁的溥仪继位，由他父亲摄政王载泽抱到太和殿，举行了宣统皇帝的登基大典。当时的怡和洋行为此特别设计印制了一图两种版别的纪念火花作为贡品贺仪（图1-44、图1-45）；事后一日商火柴厂还依据当时的历史照片为蓝本设计印制了一枚彩图的纪念火花（图1-46）。1909年广东大吉公司更是别出心裁设计出品了一图三种版别的“宣统国宝·龙圆”牌火花。（图1-47至图1-49）

1909年3月，清廷下诏重申“预备立宪”令各省当年内成立咨议局，并要求各咨议局初选议员。立宪派在各省咨议局中占据了领导地位。12月，16个省咨议局代表组成国会请愿同志会。1910年又三次请愿要求

图1-33 ★★★

图1-34 ★★★

图1-35 ★★★★★

图1-3至图1-35　中国利兴公司印制的一套多版别的“飞鱼·亦宜”火花，运用了民众喜闻乐见的图解手法，将维新变法中部分有关富国强民的条文内容设计成火柴商标图；主题鲜明，通俗易懂，备受青睐，并且一直销售到辛亥革命胜利和民国建立后。所不同的则是主图中的旗帜由清朝黄龙旗改为铁血十八星旗、民国五色旗而已。

图1-36 ★★★

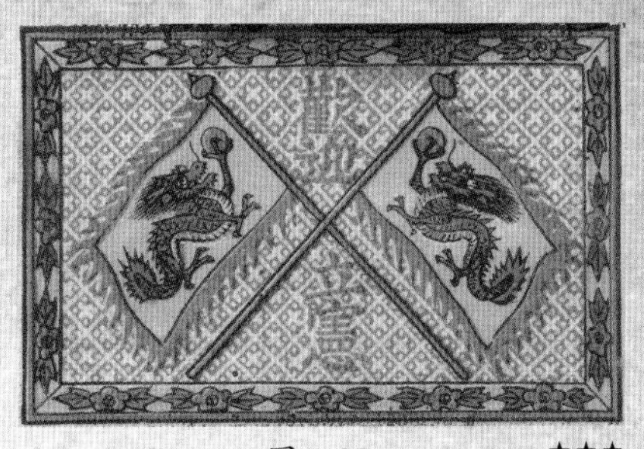

图1-37 ★★★

图1-38 ★★★

图1-39 ★★★

图1-36至图1-39　日商火柴厂（佚名）率先推出了一图多个版别的“欢迎立宪”火花，主图印有交叉斜摆两面大清帝国国旗（旗帜为黄底青龙戏红珠图，俗称黄龙旗），上下写有繁体楷书“欢迎立宪”四字。此种火柴当时很畅销，因而产生了多枚同图不同版别的火花。

图1-40 ★★★

图1-41 ★★★

图1-42 ★★★

图1-43 ★★★

图1-40至图1-43　这段时期日商火柴厂（佚名）出品的“四小孩图”火花，真实地记载了这一历史片段，已见到的四种版本印色及底图稍有差异，主图一样，描绘了四个头戴瓜皮帽，身着长袍马褂的小孩，长袍下摆的图案从右至左是梅兰菊竹“四君子”，各人双手捧着一书，分别是“地方自治”、“法律改良”、“海陆军部”、“宪政大全”，展示宣传了“预备立宪”的主要内容。这些火花是佐证这段历史的珍贵史料。

速开国会。10月，资政院在北京成立，也强烈要求1911年召开国会。形势所迫，清廷将预备立宪期改为5年，定于1913年召开国会。这段时间的日商火柴公司（佚名）相继生产推出了一图多种版别的“祝开议会”火花以此鼓动民情，力促议会早日召开。（图1–50至图1–52）

1911年5月清廷发布《内阁官制及内阁办事暂行章程》，宣布设立新内阁，谕旨一宣布，举国哗然：13名内阁成员中有满族9人，其中皇族7人，被称为“皇族内阁”。军政大权依旧握在皇室手中，立宪派的宪政计划终成泡影。至此，清政府借“预备立宪”欺骗国人，达到贵族集权，镇压民主革命的目的完全暴露，立宪党人离心，民主革命斗争更加激烈，清廷没落衰败的趋势已无可挽回。

图1–44 ★★

图1–45 ★★

图1–44、图1–45　1909年英商怡和洋行出品了“天下太平·宣统”纪念火花，主图上部印隶书小字“天下太平”，中间通心黑体字“宣统”，此种火柴由怡和洋行在日本神户所设火柴厂制造。行销中国及东南亚华人聚居地，有两种版别。

图1–46 ★★

图1–46　日商火柴厂设计出品的“宣统皇帝全家福”火花，主图印头戴皇冠身穿长袍马褂，右手持牡丹花、左手扶椅的宣统由摄政王夫妇左右两旁搀扶着坐在太师椅上，寓意宣统登基。

图1–47 ★★★

图1–47　1909—1910年间，广东大吉公司相继设计出品了三种“宣统国宝·龙圆”火柴；第一版火花主图是两枚上镌“宣统国宝”，下镌“广东省铸造”圆形银币背面飞龙图，下面装饰带框中隶书“大吉公司龙钱为记”，橘红色火柴纸红黑印色。

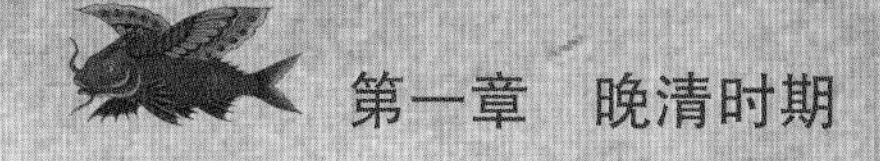

图1-48　★★★

图1-49　★★★

图1-48、图1-49　第二、第三版彩印火花主图案一样，币面镌刻文字稍有印色区别。同样印一枚银币正背面图；正面币图上镌“广东省造”，下镌“库平七钱二分”，币中圆圈镌刻满汉文字“宣统国宝”；背面币图上下镌刻“宣统国宝广东省造”、“库平七钱二分”英文字体，币中圆圈镌刻蟠龙图；下方装饰带框印“大吉公司龙圆为记”，四色印刷。稍不留意还以为是为纪念“宣统国宝”发行而印制的火花，但细究一下，可以发现在我国钱币发行史上，广东省造币厂自光绪十三年（1887年）创建始至清廷覆灭，从未发行过“宣统国宝”银币。由此可以断定，这种“龙钱”或“龙圆”火花纯粹是当时的厂商为迎合民情，招徕生意的产物。

图1-50　★★★★

图1-51　★★★★

图1-52　★★★★

图1-50至图1-52　1909年—1911年间，日商火柴公司（佚名）为支持立宪派，煽动民情，促使议会早日召开，相继出品了一图多种版别的“祝开议会”火花，主图设计庄重，在居中花窗花帘下印着一位身穿龙袍、头戴暖官帽的清廷官员，右手抚案正襟坐像，四角右左上下为“祝开议会”四个醒目的隶书字。由最初的橘红色纸红黑印刷，到用四色印刷，可见厂商用心良苦。

第三节 新型知识分子群体的出现

中国最早的新式知识分子出现于洋务运动时期。当时洋务派为了培养懂得洋务的人才，兴办了一些洋务学堂，如同文馆、万言馆、船政学堂、水师学堂、武备学堂、铁路矿务学堂等，还向国外派遣了留学生。这些洋务学堂的学生接触到一些西方的科学技术知识，总体而言，他们在知识结构、思想观念上还未摆脱传统士大夫的樊篱，而且人数很少，尚不成规模。

真正新型的知识分子群体出现于20世纪最初的几年间。这一方面是受西学东渐的影响，另一方面也是清廷推行新政、实施教育改革的一个必然结果。这些新式学堂的学生和留学生普遍有了一种使命感，一种新的自觉，他们大多怀有一腔炽热的救国热情，对现存的制度深怀不满，把西方当做学习仿效的楷模，这些共性是构成其群体意识的基核。同时他们也希望通过群体的联合来增强自身的能量，扩大社会影响，以实现他们的救国理想。在群体意识的推动下，20世纪最初的几年间，以新式学生为主体的知识社团大量涌现，通过兴学育才、发行报刊、集会演说，在传播新思想、新观念方面起了很大作用。当时涌现和造就了一批诸如章炳麟、邹容、陈天华、李昙等杰出人物，他们有一个共同努力的方向，那就是热切地要唤醒中国民众，他们在新撰写的文章中以“醒”、“觉”、“甦”、“警”为名，意在自觉觉人；在所办

图1-53 ★★★

图1-54 ★★★

图1-55 ★★★

图1-56 ★★★

图1-57 ★★★

图1-58 ★★★

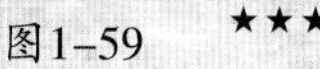

图1-59 ★★★

图1-60 ★★★

图1-61 ★★★★

图1-62 ★★★★

图1-63 ★★★

图1-53至图1-63　1905—1923年间由日本华商裕贞祥行在日本印刷出品行销东南亚多国的一图多种不同版别的《警世钟》火花。一版主图写着“警世钟”的大钟后站着穿学生装男青年，双手紧握肩扛的黄龙旗。其意是纪念褒扬陈天华编撰《警世钟》进行反清革命宣传精神，旨在唤醒国人，投身到推翻清廷、拯救中国的斗争中去。由于这个商标画主题鲜明，内涵丰富，备受国人和华侨青睐，销售畅旺。其后，日本华商仅将其主图所扛黄龙旗改印早期革命党旗图版（二版）继续生产，其间还有华商“陶新号”等厂家也同时使用这一商标。到民国成立后有厂商将其主图所印学生形象改为军人，所扛黄龙旗改印标准国民党旗图版（三版）继续生产，可见《警世钟》火花的火柴深受大众欢迎。

报纸、杂志宣传小册子中，以《猛回头》、《警世钟》、《醒狮》、《国民》、《觉醒》等命名（图1-53至图1-102），这一切都可以看出20世纪初知识分子的一种集体的醒觉现象和政治思想自觉。

这种努力为民主革命的爆发准备了思想条件。后来的事实表明，辛亥革命基本上是由新型知识分子推动起来的，他们先从会党入手，继而运动学界，继又打入新军，终于促成了革命的爆发。

★★★★
图1-64

★★★
图1-65

★★★
图1-66

★★★
图1-67

★★★
图1-68

图1-69 ★★★

图1-70 ★★★

图1-71 ★★★

图1-72 ★★★

图1-73 ★★★

图1-74 ★★★

图1-75 ★★★

图1-76 ★★★

图1-77 ★★★

图1-78 ★★★

图1-79 ★★★

图1-80 ★★★

图1-81 ★★★

图1-82 ★★★

图1-83 ★★★

图1-84 ★★★

图1-85 ★★★

图1-86 ★★★

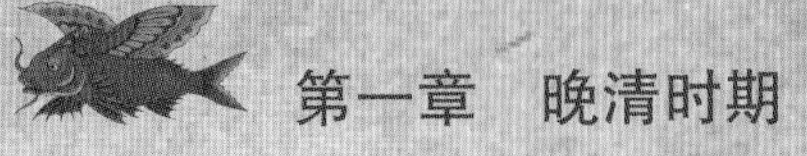

图1-87 ★★★
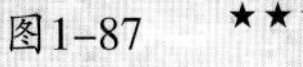

图1-88 ★★★

图1-89 ★★★

图1-64至图1-89　1905年初，革命宣传家金天翮，笔名“爱自由钟”，受陈天华《警世钟》的影响，创作了《祝自由钟》、《招国魂》等40多首革命歌曲，宣传爱国和民主，赞颂革命，鼓舞民众。1912年元旦孙中山在南京就任中华民国临时大总统，日本华商裕贞祥行又在日本印刷出品行销东南亚多国的一图多种不同版别的“自由钟”火花。一版主图上部飘带印有“中华民国万岁”五个隶书字，图中写着“自由钟”的大钟后站着穿学生装男青年，双手紧握肩扛的民国五色旗。这枚火花意在欢庆民国成立，纪念陈天华烈士，弘扬《警世钟》革命精神，以“自由钟”为记，告诫国人，在革命成功后应该珍惜自由。其后，日本厂商仅将其主图所印上部飘带改为长方匾印有“中华民国万岁”五个隶书字图版(二版）继续生产，其间还有华商“德和隆”、“昌兴光”等厂家也同时使用这一商标。

图1-90 ★

图1-91 ★

图1-92 ★

图1-93 ★

图1-94 ★

图1–95 ★★

图1–96 ★★

图1–97 ★

图1–98 ★

图1–99 ★★

图1–100 ★

图1–101 ★★

★★★

图1-102

图1-90至图1-102　1905年8月20日，孙中山在东京邀约17省有志革命的留学生和日本志士创建了中国同盟会，并创办《民报》。9月由江苏留日学生李昙任编辑兼发行人的《醒狮》杂志在东京创刊，这些都是以爱国、民主、革命为宗旨，与国内革命报刊共同为“唤醒东亚睡狮，振兴中华”摇旗呐喊。当时支持革命党的日本华商裕贞祥行率先在日本印刷出品行销东南亚多国的《唤醒睡狮》火花，主图是两个身穿新军军装的士官手执军号，面对一头侧首伏卧在地、双爪耍弄三球的大雄狮吹响冲锋号；正中赫然写着“唤醒睡狮”。其后又推出一图两种版别的《醒狮》火花，主图所画是一头两脚各踏一地球、一前脚擎着写有“醒狮”二字飘带、张牙舞爪站立的大雄狮，寓意“睡狮苏醒狮威焕发”。因该火花图振奋人心，火柴畅销。其间又有华商“振发洋行”、“广荣昌记”、“德茂昌行”和“日本播磨燐寸株式会社”等厂家也同时使用这一商标图生产火柴销往东南亚多国。直至民国成立后，还有华商“公安隆”和日本厂商使用这一商标生产火柴，主图大部不变，局部变异，将“飘带”改画成“民国五色旗”，改商标名为“醒狮为记”或不印商标名，其主题已赋予“民国如苏醒雄狮”的新意了。

第二章

资产阶级革命派形成时期

内忧外患让清廷感到了末日的来临。尽管他们也曾经采取过一些措施进行自救，但是由于种种原因没能达到预期的目的。洋务运动和维新变法（含预备立宪）的失败，让清政府失去了最后的一根救命稻草。

苦难中的民众不再对清廷抱有任何奢望，他们认识到只有推翻腐朽的清朝统治，才能真正建立起理想中的民主、自由国度。于是一大批先行者们开始积极地行动起来，准备用革命的方式争取民主。

图2-1 ★★★

图2-1 广东光大公司1924年出品的“中山牌”火花，主图印中山先生肖像，取材于1922年公布的孙中山穿着自己设计的中山装照片。

第一节 伟人孙中山

19世纪末，尝试通过改良拯救国家危亡的失败，使得越来越多的人对改良之路失去信心。一部分人开始了革命救国的尝试，孙中山就是这些人中的伟大先行者。

孙中山（1866—1925）（图2-1至图2-4），名文，字德明，号日新，后改逸仙；在日本从事革命活动时曾化名中山樵，故雅称中山，广东香山县（今中山市）翠亨村人。

图2-2 ★★★

图2-2 澳门东兴厂1928年出品的“孙中山先生尊像”火花，主图肖像以孙中山1916年离日返国前所影照片为蓝本，设计成石印版画，在日本印制，交叉两枝橄榄枝环抱人像，寓意万古长青。

1878年，孙中山赴檀香山，投靠他经商的哥哥孙眉，在其资助下，孙中山先后在檀香山、广州、香港等地比较系统地接受西方式的近代教育。1883—1885年的中法战争，激起了孙中山挽救民族危亡的爱国热情。他目睹清廷的卖国、专制和腐败，开始产生反清和以资产阶级政治方案改造中国的思想。他经常发表反清言论，同时与早期的改良主义者何启、郑观应等有交往。1892年，孙中山毕业于香港西医书院，随后在澳门、广州（图2-5至图2-7）等地一面行医，一面联络有志之士，准备创立革命团体。1894年孙中山上书李鸿章，提出改革主张但未被采纳。因此，孙中山对清朝统治者的失望变成了绝望，迅即义无反顾地转向走上推翻清王朝的革命道路。孙中山在檀香山邀集华侨20余人创建了以推翻帝制为目标的中国第一个资产阶级革命团体兴中会，以“驱除鞑虏，恢复中华，创立合众政府”为誓词，开始了他的职业革命生涯。从此中国人民开始了推翻帝制的长期艰苦卓绝的斗争。

图2-3　★★★

图2-3　宏昌选庄在原商标图上稍作修改，又生产了一批“孙中山先生尊像”火花。

第二节　兴中会与乙未广州起义

1894年11月24日，孙中山在檀香山邀集华侨20余人成立了兴中会，兴中会的章程由孙中山起草，以“驱除鞑虏，恢复中华，创立合众政府”为誓词。兴中会成立后，尽管遇到了诸多困难，孙中山并没有气馁。他多方奔走，宣传革命思想，发展组织，筹措经费，训练队伍。先后在香港、广州等地建立了兴中会分会。

图2-4　★

图2-4　2000年上海火柴厂设计发行“先行者孙中山”纪念火花，该火花图选自著名水墨人物画家李琦所创作的作品。主图绘画身穿中山装左手背后，右手持杖，双目凝视前方的孙中山形象，神态安详稳重。较好地展现了革命先行者的风采。

经过筹备，1895年3月13日，孙中山与陆皓东、陈少白、郑士良、杨衢云等人在香港兴中会总部开会，会上一致选举孙中山为乙未广州起义总指挥。3月下旬，孙中山偕郑士良、陆皓东等到广州建立兴中会分会，筹划起义事宜，会议上议定，此次起义应有自己的旗帜，为了与清廷的黄龙旗（图2-20至图2-47）区别，陆皓东提出了“青天白日旗”（图2-48至图2-56）为义军旗帜的方案，经孙中山修订，得到与会众人的一致认可。

原计划在当年的重阳节（10月26日）起义，然而，因事前计划泄露，清吏大肆捕人，起义未及发动即遭镇压，陆皓东赶回秘密机关——云岗别墅焚毁兴中会名册时被抓捕，被捕的还有程耀宸、朱贵全、邱四等40多人，孙中山闻知陆皓东面对严刑审讯，宁死不屈，最终被杀害的消息后，极为悲痛，称他是“命士之英才”，中国有史以来为共和革命而牺牲之第一

图2-5　★★★★

图2-6　★★★

图2-7　★★★

图2-5至图2-7　广州巧明火柴厂（1959年）和广州火柴厂（1974年和1985年）印制的“中山纪念堂”出口大贴标和两种版别的卡标火花，主图印了建于1931年的中山纪念堂。纪念堂整体建筑包括门楼、大礼堂及东西耳楼。平面呈方形，坐北向南，占地约6万平方米，建筑面积1.2万余平方米。大礼堂前面有孙中山雕像，左右竖立巨型华表。建筑宏伟，布局严谨，气势肃穆。纪念堂所在地，原为清代抚标箭道、督练公所。光复后为督军衙署。1922年孙中山在广州就任非常大总统时，总统府设在这里。1925年孙中山逝世后，广东人民及海外华侨选定这里建堂建碑，以纪念孙中山的伟大业绩。

图2-8　★★★★

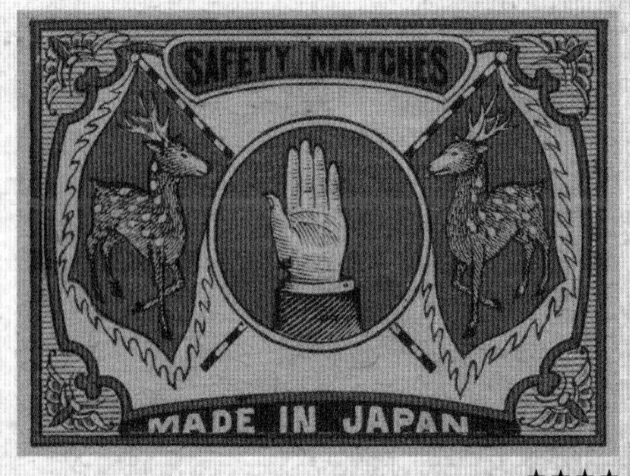

图2-9　★★★★

图2-10　★★★

图2-11　★★★

人。

乙未广州第一次起义，在历史上不过是如卷起的一朵小小的浪花，然而它的意义却如夜半惊雷，非常深远，引起了国内外的注目。

图2-12 ★★★

第三节　孙中山伦敦蒙难

乙未广州起义失败后，孙中山被清政府通缉，被迫流亡日本，不久赴美国檀香山，又于1896年到达英国。

图2-13 ★★★

孙中山抵达伦敦后，拜访了他在香港上学时的老师康德黎，后来常去那里。康德黎的住处离中国驻英公使馆不远，中国公使奉命探寻孙中山的踪迹，发现后派广东籍译员邓延铿将孙中山诱至公使馆门口，强行拘捕，准备秘密将孙中山运送回国进行惩罚。这就是著名的“伦敦蒙难”。孙中山用尽了各种办法，终于赢得了公使馆雇员的同情，他把孙中山遇难的消息告诉了康德黎。康德黎又多方奔走，屡经波折，终于引起英国政府的重视，出面干预，迫使违反国际惯例擅自捕人的中国使馆释放了孙中山。“伦敦蒙难”事件在欧洲引起了轰动，孙中山的革命主张，也因此在国际上得到了传播，意外地提高了孙中山和他领导的中国革命的影响。

图2-14 ★★

第四节　民国英杰黄兴

黄兴，湖南省长沙府善化县高塘乡（今长沙县黄兴镇凉塘）人。原名轸，字廑午，又字克强，号杞园，1902年始改名兴。黄兴曾对人说过：“我的名号，就是我革命终极的目的，即是兴我中华，兴我民族，克服强暴。”为了实现这个目标，黄兴为之奋斗一生。他先后率马福

图2-15 ★★★

图2-16　★★★

图2-17　★★

图2-18　★★

图2-19　★★

图2-8至图2-19　国旗，是国家的标志和象征，代表着国家的主权和民族的尊严。中国是世界上最早使用旗帜的国家，远在3000多年的商、周王朝时期就已出现，《周礼·春官·司常》曰："司常掌九旗之物名"，又有"熊虎为旗"之记载。古代封建王朝的旗帜，大抵可分为军旗和仪仗旗两类：军旗亦有将帅旗和令旗之分，多在统率军队及指挥作战时所用，旗上亦往往绣有将军之名号；仪仗旗多为历代君王、诸侯等出巡、举办某一仪式时所用，按规格不同而用制不同，种类繁多，如龙旗、凤旗、飞虎旗、飞熊旗及各式彩旗等。此外，在某些宗教中也存有个别特殊类型的旗子。但由于中国古代的帝王一向认为"普天之下，莫非王土；率士之滨，莫非王臣"，即使有外交也无非都是邻国或番邦来朝贡，故而在古代各王朝中都一直没有确立过国旗。因此，在我国清末时期外商和华商出品的火花上是没有正式国旗的火花的；其后凭臆想出品过一些印有"麒麟"、"凤凰"、"鹿"等图案旗帜的火花。

益、刘道一等举义于湘；他亲自任敢死队首领，于东京训练军队；他跟随孙中山先后发难于潮州、防城等地；他和赵声一起指挥了轰动全国的广州黄花岗起义，战斗中断了两指，故被后人敬称为“八指将军”；辛亥革命武昌起义后，他就任革命军总司令，亲赴前线督战；各省相继独立后，主持长江下游的军事；中华民国成立后，任陆军总长，计划北伐。1912年，中华民国临时政府北迁，黄兴留任南京；宋教仁被刺后，起兵反袁；袁世凯称帝后，抱病由美返国讨袁。

作为革命党人的黄兴，一身浩然正气，将自己的真诚与无私，智慧和汗水贡献给了“建设共和新事业，铲除世界最强权”的伟业中。

在同盟会成立之前，黄兴与宋教仁等人在长沙建立反清组织“华兴会”。1905年，长沙起义失败后，黄兴来到日本。那时，孙中山也在日本，他从朋友宫崎寅藏那里得知黄兴乃稀见之俊杰，在留学生中深受众望，大喜，很想一见。随后，由宫崎寅藏陪同，孙中山面见黄兴。孙中山阐述的革命理论和主张，与黄兴不谋而合，黄兴当即提出将他领导的“华兴会”并入“兴中会”，以成立中国同盟会，并推举孙中山为总理。同盟会的成立，是孙、黄携手革命的开始。黄兴秉性诚笃，胸怀坦荡，他尊敬并维护孙中山的领袖声望，致力于“孙氏理想”之实行；孙中山对黄兴的才华与魄力亦十分欣赏，把他视为“革命成功之关键”、“创建民国之元帅”。尽管两人后来在一些问题上出现过分歧，最终还是冰释前嫌，携手共进。

蔡锷护国讨袁军事胜利后，黄兴于1916年7月绕道日本回到上海。此时，黄兴因长年过度劳累，身体虚弱。10月10日为中华民国国庆纪念日，黄兴黎明即

图2–20 ★★★

图2–21 ★★★

图2–22 ★★★

图2–23 ★★★

图2-24　★★★

图2-25　★★★

图2-26　★★★★

图2-27　★★★★

图2-28　★★★★

图2-29　★★

图2-30　★★★

图2-31　★★

起，准备前往参加庆祝活动，忽然口鼻喷血，一病不起，至10月31日凌晨3时，由于胃中血管破裂，吐血不止而谢世，年仅42岁。

孙中山亲自主持丧事，发布讣文，向海内外革命同志报丧。孙中山、唐绍仪、章炳麟等人的挽联祭文，情文并茂。孙中山称赞黄兴是“肇建民国的柱石”；章炳麟挽黄兴联：“无公则无民国，有史必有斯人。”黄兴最为人称道的是他那公而无我、摒弃权力的谦让美德。在那个时期中外火柴厂商设计出品的一系列纪念火花中，黄兴形象都居于十分显眼的位置，由此可见黄兴在世人心中的地位和影响力。

图2-32 ★★★★

图2-33 ★★★

图2-34 ★★★

图2-35 ★★

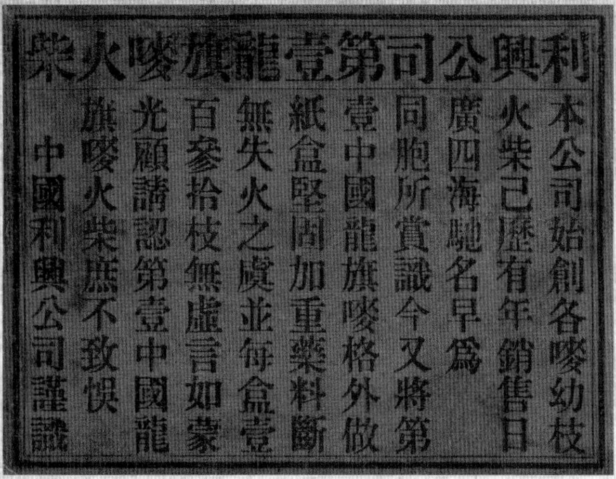

利興公司第壹龍旗嘜火柴

本公司始創各嘜幼枝火柴已歷有年銷售日廣四海馳名早爲同胞所賞識今又將第壹中國龍旗嘜格外做紙盒堅固加重藥料斷無失火之虞並每盒壹百叁拾枝無虛言如蒙光顧請認第壹中國龍旗嘜火柴庶不致悮

中國利興公司謹識

★★★★

图2-36

★★★

图2-37

★★★

图2-38

★★★

图2-39

★★★

图2-40

★★★

图2-41

★★

图2-42

图2-43 ★★★

图2-44 ★★★

图2-45 ★★★

图2-46 ★★

图2-47 ★★

图2-20至图2-47　大清帝国之国旗——黄龙旗。同治五年（1866年），鸦片战争后，因来华各国船舰增多且皆悬国旗，唯独中国水师没有，时任两江总督曾国藩奏请准制黄龙旗为官船旗帜。光绪十四年（1888年），李鸿章与西方列强交往日益频繁。在谈判签约、通商贸易、兵船活动、互派使节等外交过程中，西方国家都高悬国旗，而大清国却无旗可挂，官员深感不便，且又大失“天朝威仪”。经奏请慈禧太后御批后，确定了以“行龙戏珠图”作为大清国旗。该旗样式为斜幅三角形，图案是“黄底青龙戏红珠”：底色为正黄色，四周以蓝色镶边，中间绘有一青色飞龙，左上角为一红色玉珠（行龙戏珠）。清代满族的社会组织形式采用八旗制度，分有黄、白、红、蓝和镶黄、镶白、镶红、镶蓝共八旗，后又有蒙古八旗和汉军八旗之分，其中正黄旗为皇族之嫡系；国旗之所以采用正黄色和龙图，都是象征大清皇帝，有“朕即国家”之寓意。

初时清政府对黄龙国旗并没有专门的律法，一般多在雇船缉盗及兵、商船活动中使用。但1868年，美国人蒲安臣代表清廷出使西洋各国，就是打着此旗游欧美的。1881年，驻英公使曾纪泽（晚清重臣曾国藩长子）从英国为北洋水师购得“扬威”、“超勇”两艘巡洋舰，亦悬挂黄龙旗途经大西洋、印度洋驶回祖国。自此洋人都熟知此旗，国际公认为中国国旗。光绪二十三年（1897年），李鸿章认为各国国旗大多为长方形，鲜有三角形状。为与国际接轨，故奏请改变国旗旗式，将黄龙旗改为长方形，照旧以正黄为底色，青色飞龙居中。黄龙旗一直使用到清政府灭亡为止。

图2-48　★★

图2-49　★★

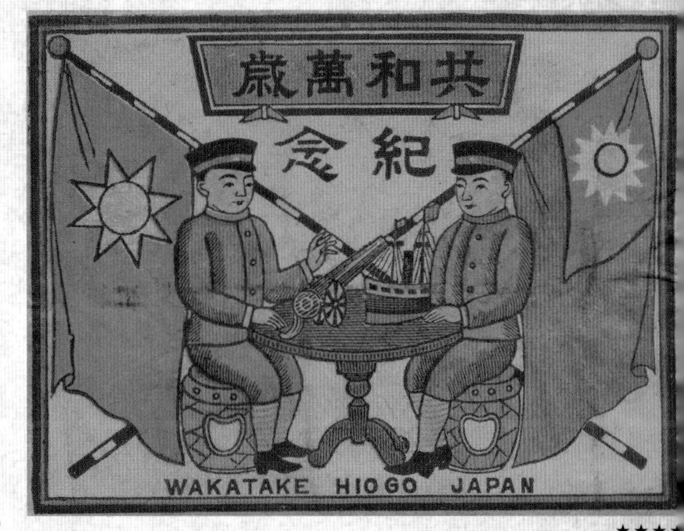

图2-51　★★★★

图2-50　★★★

图2-52　★★★

图2-53　★★★★

图2-54　★★★

图2-55 ★★★

图2-56 ★★★

图2-48至图2-56　青天白日旗，俗称“青白二色旗”，起初是兴中会的会旗，由兴中会会员陆皓东所设计，以正蓝色为底寓意“青天”，中为一轮光芒四射的白日图案。1895年（光绪廿一年），孙中山组织乙未广州起义时，曾拟用此旗取代清朝的黄龙旗，但因起义流产而未有使用，陆皓东等人殉难，孙中山则被迫流亡海外。1900年惠州起义时，此旗被民军所首次采用。后南洋各埠创立中和堂，均悬挂此旗以作标志。

起初，该旗之正确图案并无统一规定，以致各处旗上所排列的白日之叉光多寡不一，缝制者往往无所适从。后经孙中山先生解释，叉光代表干支之数，应排作十二，以代十二个时辰，乃成定制。青天白日旗经由孙中山提议修改加上红底色演变而成“青天白日满地红旗”；于1914年中华革命党东京会议确定为中华革命党党旗，自中国国民党成立后，遂成为国民党之党旗。

图2-57 ★★★

图2-57　1925年由日本华侨办庄（佚名）为纪念孙中山逝世而特别设计的“中山牌”纪念大贴标，其主图中山像选取自1896年所影照片入图，左右图框中印有孙中山的名言：“革命尚未成功，同志仍须努力。”激励国民，致力弘扬中山先生遗愿。

图2-58 ★★★★★

图2-59 ★★★★

图2-58、图2-59 该套1+1子母标火花是瑞典国家火柴厂商于南京临时政府建立时，设计发行的彩印纪念火花。火花主图上顶部印“中华民国万岁”六个繁体字，一条用五色旗扎成三个花球飘带，环悬，图中部椭圆形框中印有黄兴1912年所影的正面肖像，肖像上部印英文“WONG HIN”（黄兴），下部印“中华民国伟人黄兴”八个中文繁体字，构图端庄，设计考究。

图2-60 ★★★★

图2-61 ★★★

图2-60、图2-61 日本华侨办庄（佚名）设计发行一图两个版别的“共和伟人”彩色和黑白二色印刷的大贴标纪念火花。该火花上顶部绘画铁血十八星旗和五色旗，分左右悬垂于人像背后，下部从右至左排列印有黄兴、孙中山、袁世凯、黎元洪四人的图绘形象。

图2-62 ★★★

图2-63 ★★★

图2-62、图2-63 日本华侨办庄（佚名）梅昌公司1912年设计发行的“中华民国共和英杰”彩印中大贴标火花。图的背景为青天白日旗和青天白日满地红旗，主图四位人物从下到上，从右到左，分别为黄兴、孙中山、黎元洪、袁世凯的绘画形象（其中图2-63该枚右面旗帜为铁血十八星旗）。

图2-64 ★★★

图2-64　日本华侨办庄（佚名）1912年设计发行的彩印“中华民国共和四杰”大贴标火花，主图与“中华民国共和英杰”火花稍有差异，人物形象突出。

图2-65 ★★★

图2-66 ★★★

图2-67 ★★★★

图2-65至图2-67　日本华侨办庄（佚名）为纪念民国伟人黄兴而设计发行的“爱国”牌纪念火花。主图绘画黄兴戎装立像，右手举五色旗，左手举青天白日满地红旗，展现了黄兴戎马倥偬，不计个人权力的革命家坦荡风采。

第三章

中国同盟会成立时期

1905年7月30日，孙中山邀约各省兴中会、华兴会、光复会、科学补习班中有志革命的留日学生和日本志士70余人，在东京赤坂区桧町三番黑龙会址召开中国同盟会筹备会议。会上，孙中山首先做了关于革命理由、局势和实行方法的演说，并被推举为会议主席，主持讨论新团体的名称和宗旨，最终定名为“中国同盟会”。并决定以孙中山提出的“驱除鞑虏，恢复中华，建立民国，平均地权”16字为宗旨。会上虽仍有人对“平均地权”持保留态度，但仍获得通过。黄兴提议立誓约，孙中山即席起草，经黄兴、陈天华润色加工，制成以16字宗旨为主要内容的入会誓词，由孙中山率众举行宣誓加盟仪式，并推举黄兴、陈天华、马君武等8人起草章程。

图3-1 ★★

1905年8月20日，中国资产阶级革命政党——中国同盟会在东京正式成立。同盟会推选孙中山任总理，黄兴为执行部庶务长，协助总理主持本部工作。下设执行、评议、司法三部。成立大会上通过《军政府宣言》，明确规定了“驱除鞑虏，恢复中华，建立民国，平均地权”的革命纲领，制定了《中国同盟会总章》和《革命方略》等文件，当时决定以1895年陆皓东设计的青天白日旗做蓝本演变成青天白日满地红旗作为中国同盟会会旗(又称中华革命党党旗)。同盟会在讨论未来中华民

图3-2 ★★★

国国旗图案时意见不一，孙中山则极力提倡使用青天白日旗，并将它改为青天白日满地红旗，他解释：青色代表天空，寓公正、平等主义；白色象征清洁，说明人心纯洁才能博爱；红色表示鲜血，寓意只有流血才能换得自由花开。当时虽因意见相持不下，未能作出决定。但此后同盟会的活动和发动的反清武装起义，都以青天白日满地红旗做标志。

图3-3 ★★

图3-1 至图3-3　日本华商（佚名）印制的“富强唛”火花。主图绘印一把军刀与一杆枪成交叉状排列，枪上悬中国同盟会会旗——青天白日满地红旗，垂挂一枚印有“中国通宝”的钱币，寓意中国只有进行武力革命才能富强。言简意赅，发人深省。

1905年秋后，同盟会的组织迅速在国内各省建立起来。据不完全统计，到武昌起义前，全国各地建立的同盟会支分会约有70个，遍布23个省区，甚至西藏和台湾也有同盟会的活动足迹。与此同时，同盟会在海外华侨中的组织也相继建立。新加坡、马来西亚、越南、暹罗、缅甸、菲律宾、澳大利亚、檀香山、美国、加拿大、古巴、秘鲁、墨西哥等地都建立了同盟会的支分会，在欧洲的比利时、德国、法国、英国、瑞士等地都设立了同盟会通讯处。同盟会的这些分支机构为民主革命思想的传播、团结和争取海外华侨、爱国人士同情和支持作出了重大的贡献。

同盟会的成立，意义非常重大，它把全国的革命志士集结起来，有了共同的章程和纲领，共同的宗旨，共同的奋斗目标，共同的领袖，这是一个统一的组织，打破了过去的地域观念和习惯，所有这一切，使它区别于以往任何一个革命小团体，成为近代中国第一个资产阶级政党。同盟会的成立，是中国民主革命进程中的一件大事。

第一节　“三民主义”与五权宪法

图3-4 ★★★

同盟会的宗旨源于兴中会的秘密誓词，1895年广州起义失败后，孙中山流亡海外，前期的经历使他更清楚地认识到革命的必要性，逐渐形成了民主革命的思想。1903年八九月间，孙中山在日本东京创办军事训练班，首次提出了“驱除鞑虏，恢复中华，建立民国，平均地权”的革命宗旨。1903年11月，孙中山在檀香山希望组织中华革命军，也以此16字为宗旨。此后，这一宗旨便一直沿用下来。这16字纲领提出了三大革命，即民族革命、政治

图3-5 ★★★

图3-6 ★★★

图3-4、图3-5　日本华商（佚名）发行的火花。主图绘画一名新军军人左手紧握青天白日满地红旗，右手持军刀的威武形象，其意十分明显，即在同盟会领导下进行武力革命。

图3-7 ★★★

图3-8 ★★★

图3-9 ★★★

图3-6至图3-9　广东三民厂、民生厂、广州河南太平坊、广东南邑盐步厂配合宣传孙中山倡导的“三民主义”，精心设计了多种版图的火花，其中除印“三民”牌外，还有将民众最为关注的“民生”也印到火柴商标上，应对孙中山所言“则民生主义跃跃然动”，“是三大主义皆基本于民”。

革命和社会革命，孙中山又把这三大革命概括为民族、民权与民生三大主义。

从16字纲领到“三民主义”，不仅是一种文字的改变，也是一种思想上的深化。它表明同盟会已不同于以往任何的反清秘密组织，它有一个带有强烈时代特征的纲领。这一纲领，以“民”为中心，贯穿始终，充分体现了以孙中山为代表的资产阶级革命派已经把握住了时代思想的脉搏，努力追赶世界的民主潮流。

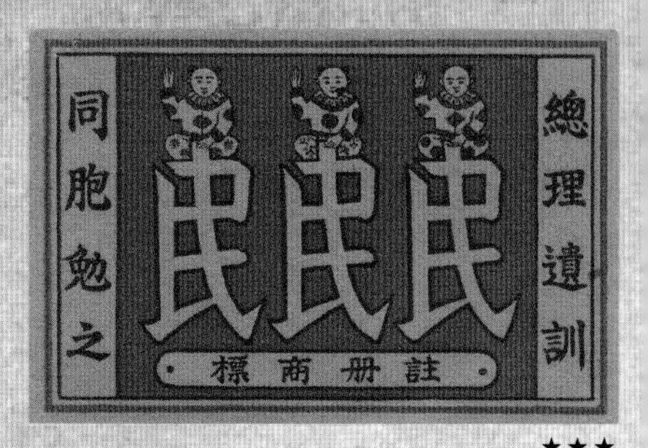

★★★

图3-10

图3-10　日本华商（佚名）于孙中山1925年逝世后印制的纪念火花——“三民”牌，图为三个男童左手抚“民”字，右手举起（似宣誓状），端坐在三个空心楷体字“民”上，下方“注册商标”楷书，左右框中楷书“总理遗训，同胞勉之”，橘红色火柴纸红黑印刷。由此可见孙中山创立的三民主义，深孚众望。

孙中山的“三民主义”纲领，本质上是进步的、革命的。当然，由于时代和阶级的局限，孙中山的“三民主义”仍然是一个不彻底的资产阶级民主革命纲领。它的“民族主义”主张民族独立，有反对帝国主义侵略的内容，但没有明确提出反对帝国主义的口号。对帝国主义的本质也缺乏认识，在“民族主义”的宣传中，还夹杂了一些大汉族主义的言论。它的“民权主义”过分偏重于政治体制上的考虑，忽视了各阶级在国家中的地位，不能保持人民真正当家做主的权利。它的“民生主义”提出土地国有主张，防止两极分化的愿望是良好的，但显然脱离了当时中国的国情。20世纪初的新中国，封建势力仍然强大，资本主义发展水平很低，国家十分贫穷，广大农民为了生存，强烈要求获得土地。企图用“稳定地价”、“定价收卖”一套办法来“平均地权”是行不通的，只能是一种空想。

★

图3-11

第二节　辛亥“三·二九”广州起义

广东是辛亥革命的策源地，是孙中山多次策划、组织武装起义的地方，正是发生在广东的“三·二九”广州起义揭开了辛亥革命的序幕。辛亥革命是以“三·二九”广州起义（又称黄花岗之役）打响第一枪作为发端，以10月10日武昌起义获得成功作为标志的。对于辛亥革命，除了武昌起义，最值得纪念的就是“三·二九”广州起义，“这是辛亥年反清起义的第一枪，是辛亥革命的第一声春雷”，“没有辛亥广州起义，恐怕没有武昌起义”。

★★★

图3-12

“辛亥广州起义”：1911年4月27日（农历三月

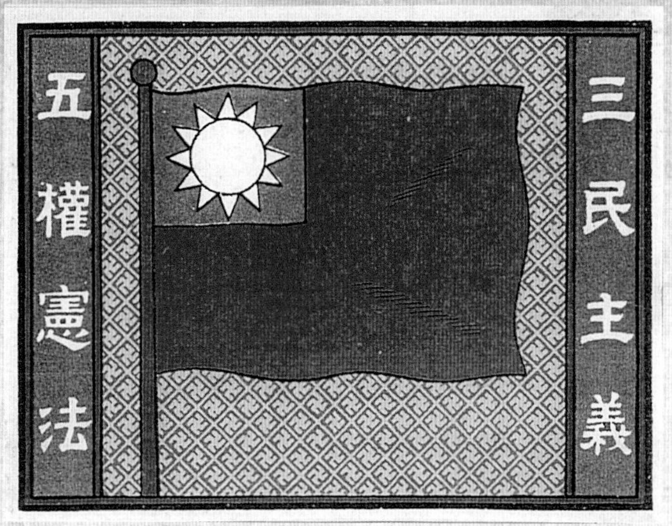

图3-13 ★★★

图3-14 ★★★

图3-11至图3-14　日本华商三祥洋行配合宣传孙中山创建“三民主义”和“五权宪法”而印制的多种版图的火花。

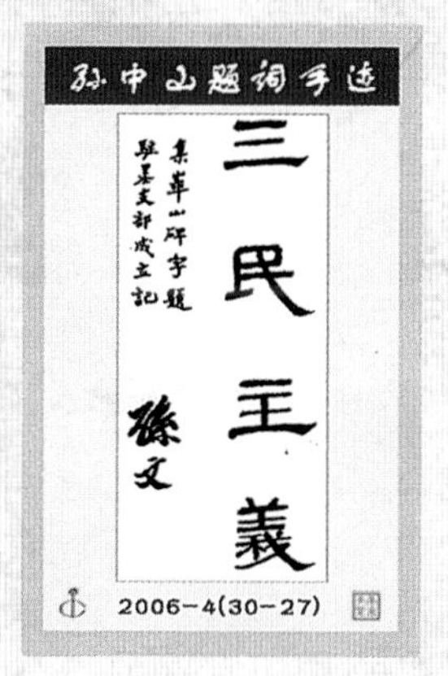

图3-15 ★

图3-15　2006年南京厂发行孙中山题词手迹火花中一幅“三民主义”题词手迹是于1911年孙中山为同盟会驻墨支部成立而题的。字体遒劲有力，深蕴期待之情。

图3-16 ★★★★

图3-18 ★★★

图3-17 ★★★

二十九日），中国同盟会在广州发动了反清武装起义（又称“黄花岗之役”）。

1910年11月13日孙中山在槟榔屿秘密议定广州起义计划。1911年1月黄兴、赵声等在香港成立统筹部。4月27日黄兴率领130位来自全国各地及海外的壮士组成敢死队，为实现民主共和，舍生取义。虽然他们在事先知道计划已经泄密，但为了对海外募捐者有个交代，“明知必败、必死，仍然起义”，进攻广州两广总督衙门，与清军激战一昼夜，因伤亡过大退却。最后130人中，方声洞等100余人牺牲，林觉民、喻培伦等29人被捕就义。直至今天只有86人能查实有名有姓，收得全尸仅72人，中学课本中《与妻书》的作者林觉民就是其中之一。事后，由同盟会会员潘达微冒死想方设法收殓遗骸72具埋葬于广州黄花岗，史称“黄花岗七十二烈士”。（图3-16至图3-20）

图3-19

图3-16至图3-19　广州巧明火柴厂（1959年）州火柴厂（1973年、1974年、1985年）相继印制发“黄花岗七十二烈士墓”出口大贴标火花和卡标火花。火花主图绘画了于1926年由海外华侨捐资建成的辛州起义牺牲者的墓园景观。

1924年6月30日，国民党中央执行委员会将黄花岗烈士纪念日由旧历改为公历的3月29日。1949年中华人民共和国成立后，沿用了民国时期的用法。

孙中山为《黄花岗七十二烈士事略》所作的序，重申了广州对于辛亥革命的历史意义。“满清末造，革命党人，历艰难险巇，以坚毅不扰之精神，与民贼相搏，踬踣者屡。死事之惨，以辛亥三月二十九日围攻两广督署之役为最。吾党菁华付之一炬，其损失可谓大矣……则斯役之价值，直可惊天地，泣鬼神，与武昌革命之役并寿。”

图3-20 ★

图3-20　2000年南京厂设计发行“百年沧桑”套花中一枚“孙中山与辛亥革命”纪念贴标火花。主图选取1912年孙中山就任中华民国临时大总统时之肖像入图，背景印有黄花岗七十二烈士墓园、大总统府就职合影等历史图片。

广州起义和武昌起义相隔半年时间，两者紧密关联，同等重要。“而且广州黄花岗起义在前，使全国人心振奋，才能促成武昌起义乃至整个辛亥革命的成功。”广州起义实质起到了一个在前带动的重要作用。

第四章

武昌起义和湖北军政府建立时期

1911年4月，广州黄花岗起义失败后，同盟会领导人决定把革命的中心转移到长江流域，在同盟会总部的推动下，实现了湖北革命组织的大联合。革命团体文学社、共进会在湖北新军中开展了卓有成效的宣传和组织工作，逐渐控制了新军领导权。同年夏天四川保路运动爆发，武汉新军大部被调入川，清廷在武汉的武力减弱，为武昌起义提供了有利条件。1911年9月24日，文学社与共进会在武昌举行联席会议，组成了起义的临时总司令部，推举文学社社长蒋翊武为临时总司令，共进会领袖孙武为参谋长，制订了起义计划，定于10月6日（阴历八月十五日中秋节）举义，并制定铁血十八星旗号（图4–1）。后因准备不足，起义改为10月16日，但因9日事泄，10日上午湖广总督开始大搜捕，形势紧迫，革命党人暗中联络，决心奋起反抗，遂于10日晚起义，新军工程第八营的革命党人

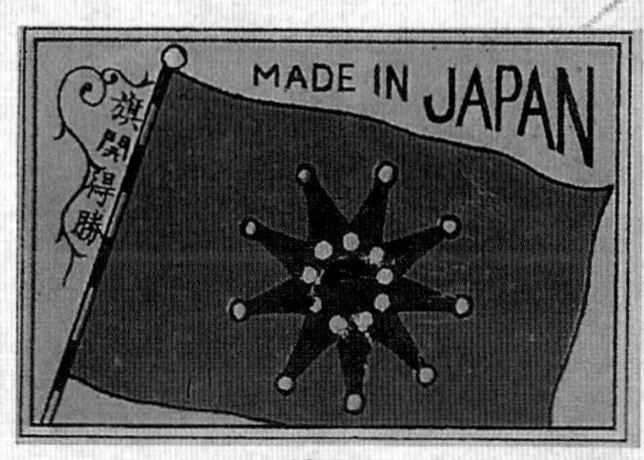

图4–1 ★★★

图4–1 华南（佚名）日产火花。十八星旗，原是湖北革命团体共进会的会旗。1907年8月间，焦达峰、刘公、孙武等一批在日本的同盟会会员，筹组湖北共进会，任务是谋划准备在长江中游的反清武装起义，议定以红黑两色九角十八（黄）星旗为会旗，设计意念是红底黑九角，象征“血”与“铁”，即革命须抱铁血主义，黑九角内、外角各九颗共十八颗圆星，代表关内汉族的十八个行省，星呈金黄色，表示与清朝对立之汉族炎黄子孙。此旗定十八个行省是源于清政府直到19世纪为止只准许汉族在十八个内地省份居住，这十八个省是当时的直隶（河北）、河南、山东、山西、湖南、湖北、广东、广西、浙江、安徽、江苏、江西、福建、四川、陕西、甘肃、贵州和云南。不允许汉族随便迁入居住的有关外的满洲（东三省）、西藏（青海）、蒙古（内外蒙）、新疆。1911年辛亥武昌起义成功后军政府确定该旗为革命军旗（图4–4至图4–35）。

为反抗前来抓捕的清军，打响了起义的第一枪后，全营暴动，占领了楚望台军械库，吴兆麟被推举为起义总指挥，统率起义新军及革命党人3000余人攻占了湖广总督衙门。11日上午，武昌城内的战斗基本结束，全城竖立铁血十八星旗。革命党人聚集到湖北省咨议局，推举黎元洪为都督，汤化龙为民政总长，组成革命军政府（图4–2）。军政府颁发了第一号布告，宣布废除清朝帝制，建立中华民国，改政体为五族共和，确定革命军旗为铁血十八星旗并通电号召各省起义。两天内，相继起义的革命军又攻占了汉阳、汉口。湖北其他区和全国各省纷纷响应，湖南、陕西、江西、山西、云南、贵州、浙江、江苏、安徽、广西、福建、四川、上海、新疆等地，皆在一个多月的时间内相继宣布独立。基本上都是由革命党人发动起义，革命成功后也由革命党人控制政权。

从某种意义上说，武昌起义绝对不是地域性的局部的革命，而是影响深远的全国性革命运动。武昌起义导致了中国几千年的君主专制制度的崩溃，开创了完全意义上的近代民族民主革命，是中国人民前进道路上伟大的里程碑。

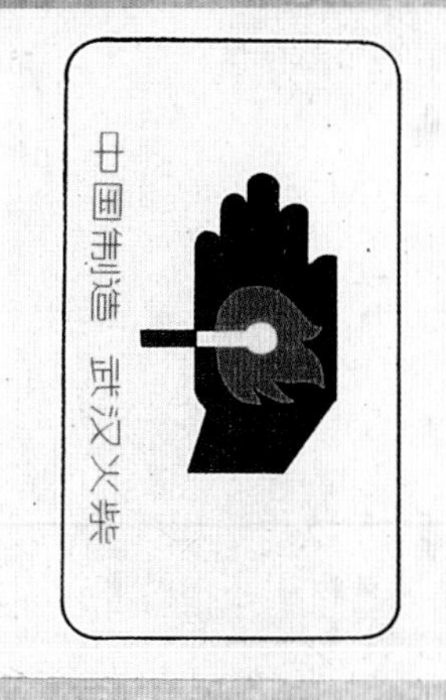

图4–2 ★★

图4–2 1989年武汉火柴厂发行的“武昌起义军政府旧址”卡花，主图背景便是旧址大门及主楼建筑，此楼是清宣统元年（1909年）所建的湖北省咨议局大楼。楼高两层，砖木结构，面宽73米，进深42米，上层顶端正中有教堂式的望楼矗立。1981年在此建立“武昌起义军政府旧址纪念馆”，设有“辛亥革命武昌起义史迹展览”，院大门左右各斜悬铁血十八星旗，大门外塑有孙中山铜像。

图4–3 ★★★

图4–3 日本化南制造的“限期剪辫”大贴标，主图绘画在一个多层架上一面迎风飘扬的铁血十八星旗旁，已剪辫西化的理发师正在为一已剪辫的男士理发，生动地宣示了辛亥革命后革命党人立志改革编发之制的决心和行动。

图4–4 ★★★

图4–5　★★★★

图4–4、图4–5　华商中国兆昌制造厂、万源昌公司、日本华商美华公司以及日本华商火柴厂，相继设计了众多不同版别的以铁血十八星旗入图的火花。其中中国兆昌制造厂设计的子母标，主图画了一位身穿新军服装、精神抖擞的军人驾驶着一辆大炮车，疾速前进，战车上飘扬着一面铁血十八星军旗，主题鲜明，寓意以新军为首的辛亥革命武昌起义成功。

图4–6　★★★★

图4–6　美华公司印制的子母标火花图描绘了在一位新军战士双手高擎铁血十八星旗大步导引下，新军将官骑着战马拖拉火炮车与一位肩扛步枪的新军士兵昂首阔步行进的画面，形象地展现了武昌起义凯旋的景象。

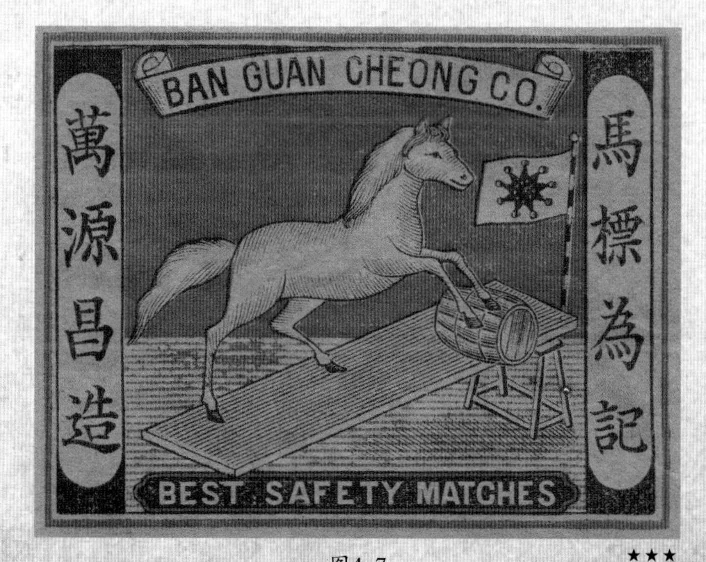

图4–7　★★★

图4–7　日本华商万源昌造的“马标为记”火花。主图上画了一匹马双后脚踏在跳板上，双前脚推动一火药桶由下向上滚动到跳板顶端，一面铁血十八星旗高扬，构图简练但却含意深刻。

图4-8 ★★★

图4-8　这枚只印“中国监造”四字的大封标火花，主图印着一匹嘴衔一杆铁血十八星军旗，四脚腾跃狂奔的黑马，主题鲜明，开宗明义道出了“武昌新军起义旗开得胜”。

图4-12 ★★★

图4-13 ★★★

图4-12、图4-13　日本华商（佚名）设计的“中华民国得得胜”火柴，火花上绘画的分别是双手擎旗、击鼓、吹奏萨克斯管等四位青年列队行进时的情景，长条铁血十八星旗上赫然印有“中华民国得得胜火柴”九个大字，主题鲜明，这是为庆祝中华民国成立而特制的火柴。这枚商标的火柴旺销，延续到19世纪20年代仍有改版（仅是将铁血十八星旗上文字改为“振兴土货挽回利权”）销售。

图4-9 ★★

图4-10 ★★

图4-11 ★★

图4-9至图4-11　日本华商（佚名）制造的该枚火花，以原公司早期产品商标为蓝本修改而成，一图多个版本。主图刻画了一位全副武装的新军士兵站在迎风招展的铁血十八星旗前面昂首吹响军号的英姿。是庆贺武昌起义的经典火花。

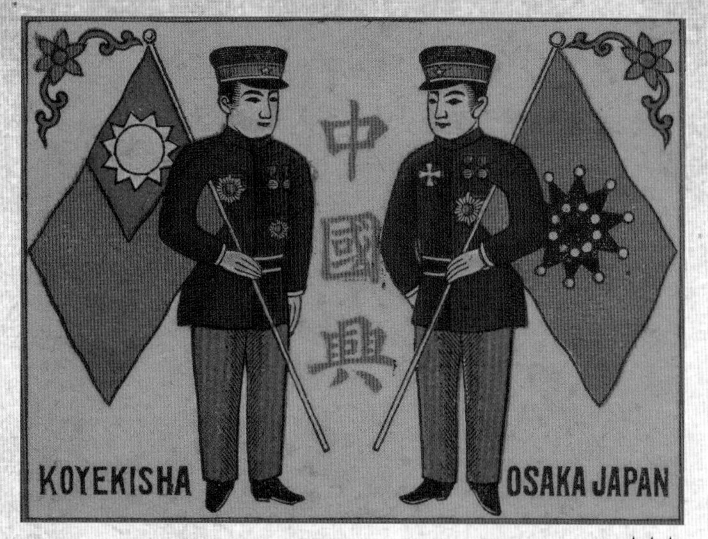

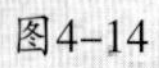
图4-14 ★★★

图4-15 ★★★

图4-16 ★★★

图4-17 ★★★

图4-18 ★★★

图4-14至图4-18　这几枚日本华商（佚名）发行的一图多版别的“中国兴”子母标火花，图绘两个胸佩战功勋章的新军将士分立左右，手执铁血十八星旗和青天白日满地红旗，中间楷书印“中国兴”三个醒目大字，寓意“武昌起义成功中国兴旺”。

图4-19 ★★

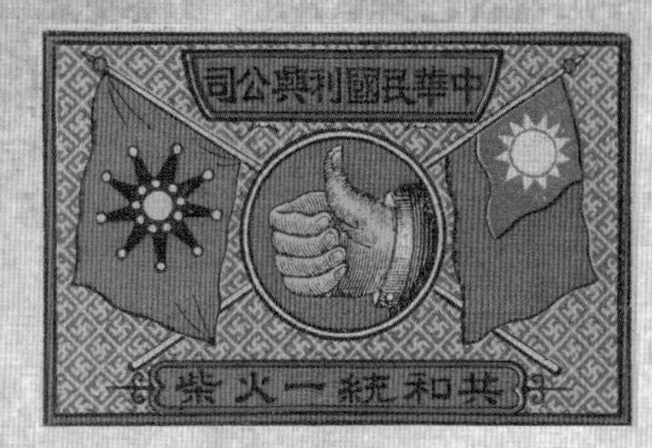

图4-20 ★★

图4-21 ★★

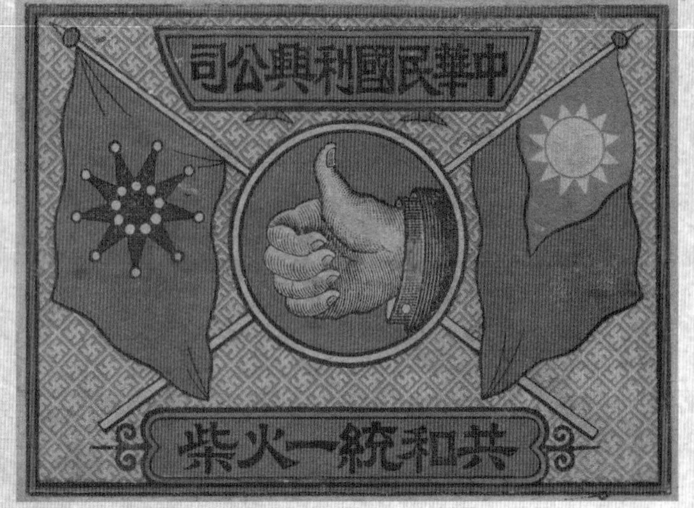

图4-22 ★★★

图4-23 ★★★

图4-24 ★★★

图4-19至图4-24　日本华商利兴公司印制的“共和统一”牌子母标火花。主图中间绘画铁血十八星旗和青天白日满地红旗二旗左右交叉斜置，烘托着中间大红圆圈中一只竖起拇指的巨手，下方印有“共和统一火柴”、“共和万岁”等字。

图4-25　★★

图4-26　★★

图4-27　★★

图4-28　★★★

图4-29　★★★

图4-30　★★

图4-32 ★★★

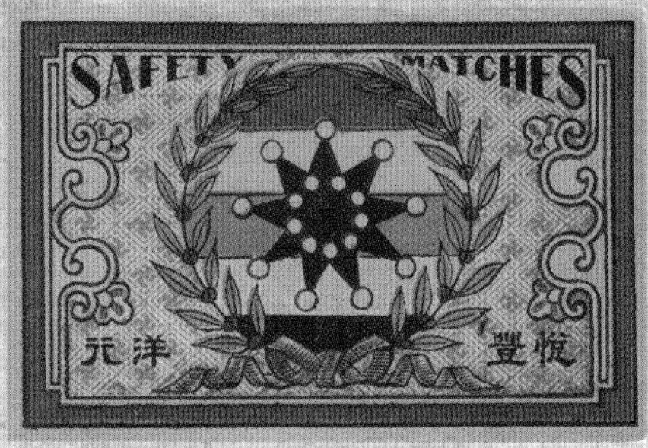

图4-31 ★★

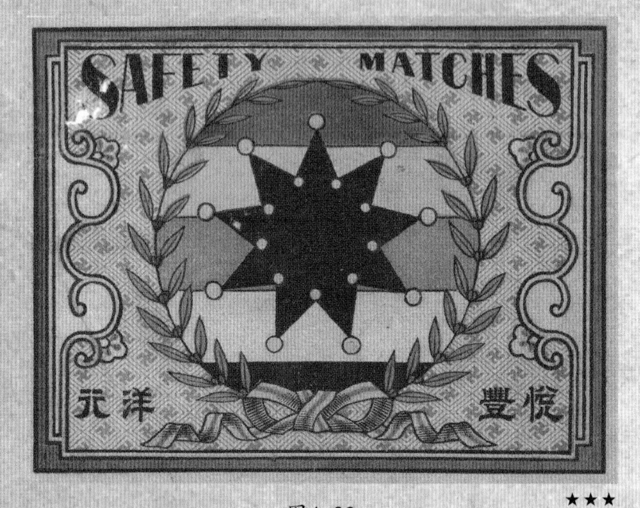

图4-33 ★★★

图4-25至图4-33　纪念武昌起义的火花，除以上综述的外，这段时期至中华民国建立，还有日本华商悦丰洋行、美华公司生产和悦利公司监制的一图多种版别的十八星勋章牌子母标火花，其图案是由两枝橄榄枝围成的大圆圈中间以五色旗衬底，中有一黑色九角十八星勋章图，寓意“武昌起义创建民国”。

图4-34 ★★★

图4-35 ★★

图4-34、图4-35　以原“马到功成”火花图为蓝本修改演变而来，只是将铁血十八星旗改成为十八星勋章五色（分别为红、黄底色）旗。其寓意一样。

第五章

南京临时政府建立时期

1911年11月10日，武昌起义后一个月，黎元洪通电已独立的各省都督，请派代表赴鄂，组织临时中央政府。然而，由于胜利的到来多少有点意外和突然，革命党人在组建新政府方面的准备显然不足，连建都的地点、政府首脑人选等问题都有着很大的争议，最后决议南京为临时政府所在地。12月12日各省代表在南京召开了第一次代表大会，当时提到的候选人有四位，一是黎元洪，二是黄兴，三是袁世凯，四是孙中山。

图5–1 ★★★★

孙中山自乙未广州起义失败后，亡命海外，为革命奔波了16年之久，在武昌起义成功后的一段日子里，不断接到国内黄兴等人一再催促他尽快回国的电报。经反复思考后，他毅然地决定离开欧洲回国，于12月25日回到上海，码头上孙中山身穿黑色西服，神采奕奕，举帽挥手向欢迎人群致意。欣闻孙中山海外归来，各省都纷纷致电，并派出代

图5–2 ★★★

表，专程到上海表达了对孙中山的敬仰和对建立共和国的期望，上海军政和各界人士分别召开欢迎大会，设宴接待孙中山。(图5-1至图5-4)

12月29日开会选举临时大总统，候选人为孙中山、黎元洪和黄兴。29日，来自山西、陕西、江苏、安徽、江西、浙江、福建、广东、广西、湖南、湖北、四川、云南、山东、河南、直隶、奉天各省代表采用无记名投票，每省1票，结果孙中山得16票，黄兴得1票，孙中山以绝对优势当选临时大总统。1912年1月1日，孙中山在南京举行临时大总统就职典礼宣读了誓词和就职宣言书，宣布中华民国成立，改用公历。1月3日，各省代表举行会议选举副总统，黎元洪以全票当选。同一天，临时参议院通过了各部总次长名单。中华民国南京临时政府正式组成，颁布了30多项有利民主政治和发展资本主义的法令，发布了《中华民国临时约法》，它是中国第一个共和民主政权，从此共和的观念深入人心。自1912年起，华商及外商相继设计发行了一系列纪念孙中山就任中华民国临时大总统和纪念中华民国建立的火花以示庆贺。(图5-5至图5-59)

图5-6 ★★★★

图5-6 “共和纪念”火花主图印孙中山身穿西装胸佩勋章，两童分立左右展开一面五色旗，左右上角印“共和纪念”隶书。以民俗画的形式表现，神韵飘逸，刻画入微。

图5-3 ★★★

图5-4 ★★★

图5-1至图5-4 宁波正大新公司纪念孙中山结束海外流亡，从事革命活动，回国就任临时大总统的职位而精心设计的火花。

图5-5 ★★★★

图5-5 为欢迎孙中山自海外归国出任中华民国南京政府临时大总统，日本华商(佚名)设计生产了“欢迎”大贴标火花，主图大圆环框中选取1913年孙中山在日本所影穿西服照片入图，左右印“欢迎”隶书，四角饰花边图案，设计考究，印刷精美，成为孙中山像火花的珍品。

图5-7　★★★★

图5-8　★★★★

图5-9　★★★★

图5-10　★★★★

图5-7至图5-10　“共和”和“万岁”两种多版别火花，主图中站立在写有“共和”和“万岁”字样圆桌后的孙中山与左右四位议员齐齐高举双手欢呼，身后悬挂的横额标语上书“中华民国万岁”，形象生动，再现了孙中山就职临时大总统时的热烈场面，独具匠心。

图5-11　★★★★★

图5-11　“共和民国”大贴标火花，主图中间圆环绘画头戴新军军帽、身穿军装孙中山形象，左右印“统领”二字，两名军人高擎铁血十八星旗和五色旗分立左右两旁。

图5-12　★★

图5-12　日本华商（佚名）发行的火花“总统顶上火柴”大贴标火花，主图绘画了在一面五色旗斜插的演讲台上，孙中山身着戎装肃立宣誓就职的彩图，别具风韵。

图5-13 ★★★

图5-13 日本华商（佚名）印制的“中华民国新国民出世”火花，主图上绘有一个地球，而孙中山穿插其中，手持一面红旗，上书有“中华民国新国民出世”字样，火花右下角绘有四分之一的红太阳，光芒四射，占满整个背景，其设计构思不言而喻，独具匠心，令人佩服。

图5-14 ★★★★

图5-15 ★★★

图5-18 ★★★★

图5-16 ★★★

图5-17 ★★★

图5-19　★★★

图5-14至图5-19　日本华商新发公司监造的“中华民国万岁”一图多版别的子母标火花图，画面绘一幅展开的东半球地球版图，在民国初年的中国地域版图上，十分醒目地印有“中华民国”4个方体大字，右上角椭圆形框孙中山像顶部印隶书“万岁”二字，肖像下印有铁血十八星旗、五色旗和青天白日满地红旗三面旗帜，构图新颖，涵义深刻。

图5-20　★★

图5-20　1988年南京火柴厂发行“孙中山中华民国临时大总统”纪念卡花，主图右框印有选取1922年孙中山穿着自己设计的中山装照片为蓝本设计的中山像，左框印孙中山就任临时大总统的办公处外景。

图5-21　★★★

图5-22　★★★★

图5-23 ★★★

图5-24 ★★★

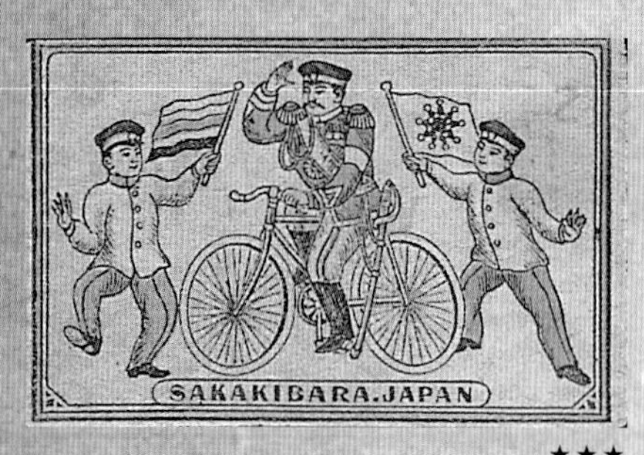

图5-25 ★★★

图5-26 ★★★★

图5-21至图5-26　日本华侨办庄（佚名）和文发监制设计印制的一图多种版别的“中华民国万岁”子母标火花，主图画面充溢喜庆，左右两个青年分别手扬铁血十八星旗和五色旗，欢歌喜舞恭迎身穿戎装骑着单车而至的孙中山，构图新颖、亦谐亦趣。

图5-27 ★★★★

图5-28 ★★★★

图5-27、图5-28　日本华侨办庄（佚名）和东兴厂制造的“陆军牌—共和国”两种图版大贴标火花，更是一件难得的极富史料价值和艺术韵味的纪念火花佳作。

图5-29 ★★★

图5-30 ★★★

图5-29、图5-30　纪念孙中山就任中华民国临时大总统的一图两版别大贴标火花。

图5-31 ★★★

图5-32 ★★★

图5-33 ★★★

图5-34 ★★★

图5-31至图5-34　纪念孙中山和黄兴“共和二杰”的一图多版别大贴标火花，均出自日本华侨办庄（佚名），应是同一设计者之手的作品，表现手法和风格相近，构图端庄严谨，给人以古朴典雅之感。

图5-36 ★★★★

图5-35 ★★★

图5-35、图5-36　“五族共和”子母标火花，很明显是广东省城河南吉祥公司依据孙中山于1912年元旦在南京就任临时大总统发表就职宣言“国家之本，在于人民，合汉、满、蒙、回、藏诸地为一国，即合汉、满、蒙、回、藏诸族为一人。是曰民族之统一”的精神而精心设计的成功佳作。

图5-37 ★★★★

图5-38 ★★★★★

图5-39 ★★★★

图5-40 ★★★★

图5-41 ★★★★

图5-37至图5-40　欧洲火柴生产输出大国瑞典设计发行的一图多版别名曰“中华民国军旗—孙逸仙”子母标火花，主图在椭圆形框中，选取孙中山1912年在南京临时大总统府所拍相片为蓝本，以丝网版画艺术再现伟人形象，火花顶部交叉排列青天白日满地红旗和五色旗。因该火花画像刻画细腻，印刷考究，存储量少而成为辛亥人物火花的珍品。备受集花者青睐。这段时期，除印刷了孙中山形象的火花，日本华侨办庄（佚名）和瑞典厂还相继发行了不少展现黄兴、黎元洪等民国元勋形象的火花。

图5-42　★★★★★

图5-41、图5-42　瑞典火柴公司印制的“中华民国—黎元洪”肖像子母标火花，主图构思与“孙逸仙”版大致相同。在以五色旗为飘带环抱下，印有身穿戎装的黎元洪版画肖像，形神兼备，印刷精美，是不可多得的历史风云人物佳品火花。

图5-46　★★★★

图5-43　★★★

图5-44　★★★

图5-45　★★★

图5-47　★★★

图5-48 ★★★

图5-49 ★★★

图5-50 ★★★

图5-51 ★★★

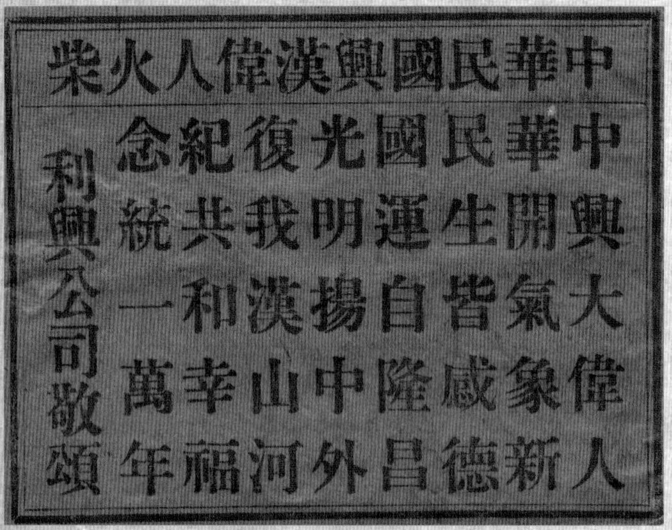

中華民國興漢偉人火柴

中興大偉人
華開氣象新
民生皆感德
國運自隆昌
光明揚中外
復我漢山河
紀共和幸福
念統一萬年

利興公司敬頌

图5-52 ★★★

图5-43至图5-52　日本华侨办庄（佚名）和利兴公司设计发行一图多版别的“兴汉伟人”子母标及背标火花。主图主题鲜明，绘画了孙中山（居中者）、黄兴（左立者）、黎元洪（右立者）三位身着戎装，威武雄健、光彩夺人的形象，且在各人的绶带上印上尊姓，令观者一目了然知晓所生产的“兴汉伟人”火柴，就是褒扬推翻清廷，创建民国之孙、黄、黎三位杰出人物。其背标印利兴公司敬颂赋藏头诗一首：

中兴大伟人，华开气象新，
民生皆感德，国运自隆昌，
光明扬中外，复我汉山河，
纪共和幸福，念统一万年。

图5-53　★★

图5-54　★★

图5-53、图5-54　宁波正大火柴公司特别设计制造的“民国”子母标大封标火花，主图两个圆圈框中斜方格“卍”字底纹上隶书“民国”二字，运用传统商标表现形式使画面具有沉稳厚重的感觉。

图5-55 ★★★★

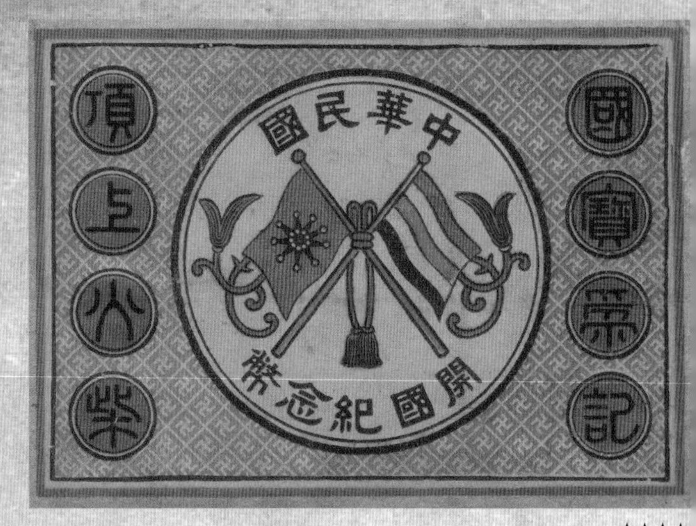

图5-56 ★★★★

图5-57 ★★★★

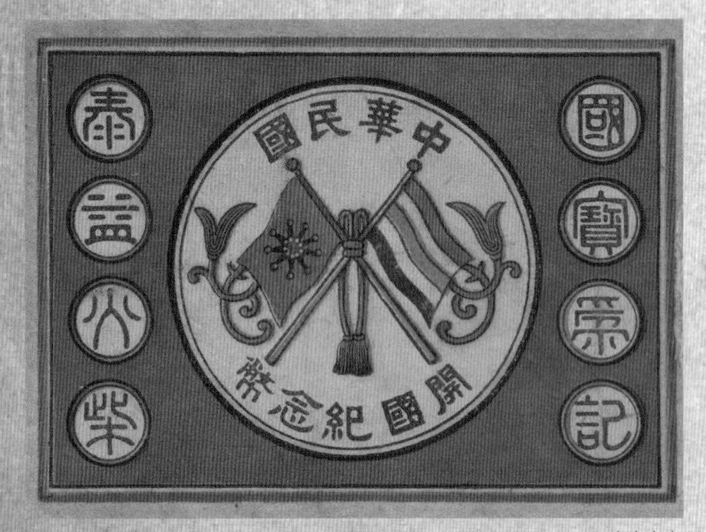

图5-58 ★★★★

图5-55至图5-58　日本华侨办庄（佚名）和泰益火柴公司精心设计发行的同名同图不同版别“国宝为记”彩印子母标火花。火花图中绘画一枚大铜钱币中间用丝带系结交叉两面旗帜（左为铁血十八星旗，右为五色旗），旗的顶部印“中华民国”，下部印“开国纪念币”等隶书字，左右各有四个圆圈，其内篆书“国宝为记”、“顶上火柴”或“泰益火柴”。画工精巧，富丽灿烂，令人赏心悦目。

图5-59 ★★

图5-59　日本华侨办庄福昌造局设计发行的“大中华共和民国纪念”大贴标火花。主图上方穹形横幅印隶书“大中华共和民国纪念”，图中绘画一黑黄二色的九角十八星，下空心彩色隶书“大中华民国”，以代表吉祥长青的两枝橄榄枝环抱，构图严谨工整，是典型的传统商标作品，寓意“武昌首义民国诞生”。

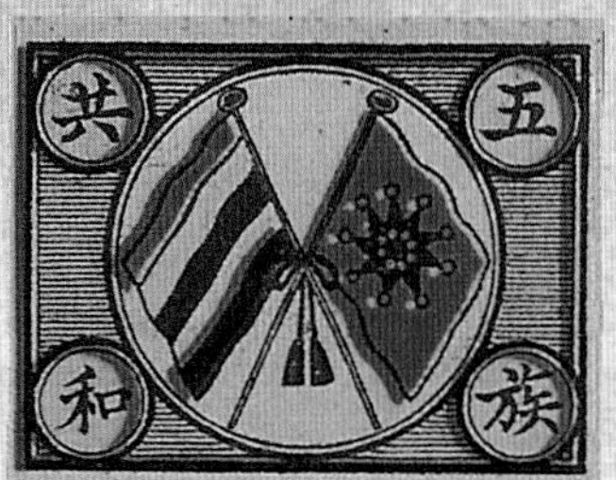

图5-60 ★★

图5-61 ★★

图5-62 ★★★

图5-63 ★★★

图5-64 ★★★★

图5-65 ★★

图5-66 ★★★

图5-67 ★★★★

图5-60至图5-67　日本华侨办庄（佚名）和中国大利公司生产的“共和万岁”子母标火花，构图紧扣时势和国民愿望，刻画真实动人，在两束稻穗环绕一位肩扛农渔作业工具，头戴草笠，身披蓑衣的农民形象，寓意“五谷丰登”、“国泰民安”、“共和万岁”。

还有广东幸福火柴厂生产印刷的“幸福”牌子母标及日本华侨办庄（佚名）出品的“五族共和”、“民富国强”等火花，都充分反映了那个时期的民情民意和时代特色。

图5-68 ★★★

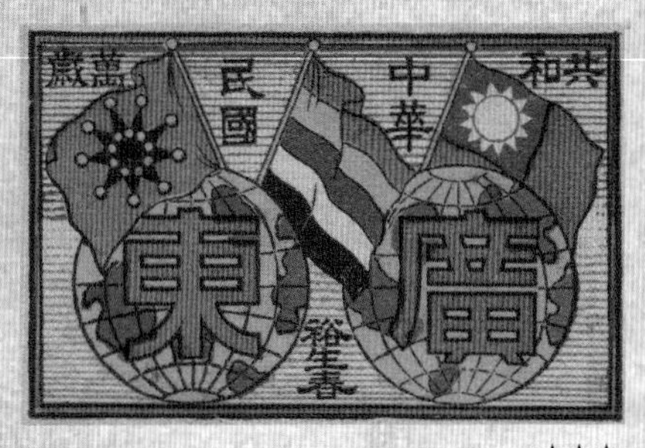

图5-69 ★★★

图5-70 ★★★

图5-71 ★★★

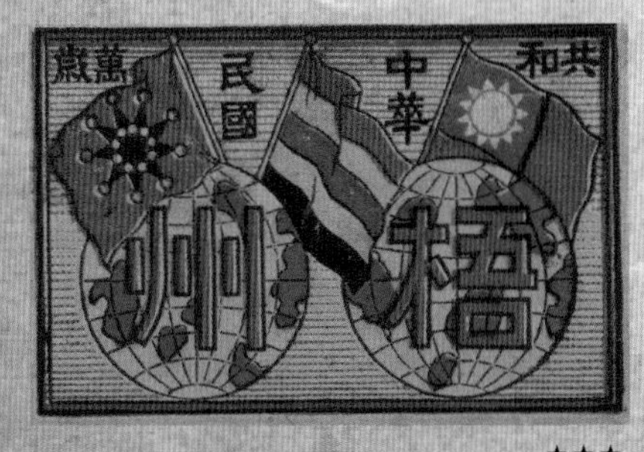

图5-72 ★★★

图5-73 ★★★

图5-68至图5-73　日本华侨办庄（佚名）为民国政府建立后部分省市地区纷纷宣布独立而设计印制的纪念火花。

第六章

孙中山解职与临时政府北迁时期

历史没有按照人们所预期的那样发展。虽然武昌起义后，各省相继响应宣布独立，但组建新的共和国经历了一个曲折的过程。

此时的清政府并未被打垮，它依然控制着北方的大部分地区，南北对峙，形势严峻。由于各列强拒不承认南京临时政府，临时政府在外交上陷入孤立无援之境。资产阶级虽然支持共和，但已难以忍受革命的阵痛，迫切希望议和；新政府几乎没有财政收入，而各项开支尤其是军费开支浩繁，财政的窘迫直接威胁到临时政府的生存。孙中山面临着难以克服的困难：没有钱（图6–1、图6–2），就无法组织强有力的军队，从军事上彻底摧毁清廷；没有钱也无法保障政府各部门的正常运转，于是孙中山在袁世凯承诺推翻清朝帝制，赞同建立民国的前提下，开始进行南北议和对话。

1912年2月12日清帝退位，宣告统治中国260多年的清王朝彻底覆灭。

孙中山在得悉清帝退位诏书及袁世凯赞成共和的电报后，于1912年4月10日正式辞去临时大总统职务。袁

图6–1 ★★★

图6–2 ★★★★

图6–1、图6–2 当时描绘任职民国临时大总统的孙中山“为钱所困”的子母标火花。形象生动谐趣。

世凯成为第二任大总统。临时政府北迁之后，南北形式上得以统一。人们普遍认为，破坏已终，建设开始。虽然一切都处在草创阶段，但人们对新生的共和制度充满信心，对共和国的未来，怀着无限美好的幻想。事实上，当袁世凯宣布赞成共和逼迫清帝退位后，人们不是把他当做一个总统来接受，而是把他当做一种象征乃至一种希望来接受。在袁世凯的真面目没有充分暴露之前，这种状况可以从那个时期发行的火花中得知一二。（图6-4至图6-33）

1912年，上台后的袁世凯为了麻痹革命党人，巩固和扩大自己的权力和影响，动议促成一次民国四巨头会议，邀请孙中山、黄兴、黎元洪一同到北京会商国家的内政纲领。借此向全国及各列强宣告，民国已经统一了。不巧的是黎元洪因武昌首义头领张振武被杀案，不敢入京，因而四巨头会议只好改成三巨头会议。孙中山、黄兴、袁世凯三巨头几经讨论，最后用电报征询得时任副总统的黎元洪同意，遂联名发表了“八大政纲”。这则政坛轶事，在火花上也留下痕迹，日本华侨办庄（佚名）闻风而动，相继推出了“共和伟人”、“中华民国共和四杰”、“民国三星”、“共和三星”、“共和三杰”等一系列的多种版图的风云人物纪念火花。（图6-133至图6-153）

然而，袁世凯并没有像人们所希望的那样，把中国引向一条强国富民之路，而是走了一条相反的路，一条后退的路。他自执政之时起便开始集权，他称是向内阁制挑战，致使内阁总理半年之内三易其人；接着又指使

图6-3 ★

图6-3　2000年南京火柴厂设计发行的“百年沧桑”套花中一枚普贴标火花。主图所选取头戴瓜皮帽身穿长袍马褂的清帝溥仪像入图，以北京长城及故宫太和殿等景观和八国联军攻陷京城的史料图片为背景，印有醒目“忍辱负重”四个仿宋字，形象宣示了“腐朽没落的清廷令国人忍辱负重”这样一个主题。

图6-4 ★★★

图6-5 ★★★

图6-6 ★★★★

图6-7 ★★★★

图6-8 ★★★

图6-9 ★★★

图6-10 ★★★★

图6-11 ★★★

人暗杀宋教仁，强行通过善后大借款，迫使革命党人不得不起来进行“二次革命”。不料袁世凯复辟帝制，于1916年元旦登基，自任皇帝，改国号为中华帝国。中华革命党、进步党乃联合起来，发动护国战争，迫使袁世凯取消帝制，民国得以恢复。

图6-12 ★★★

图6-13 ★★★

图6-14 ★★★

图6-15 ★★★

图6-16 ★★

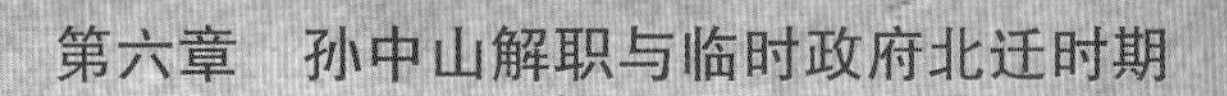

图6-17 ★★

图6-18 ★★

图6-19 ★★

图6-20 ★★★

★★★★

图6–21

★★★★

图6–22

图6–4至图6–22　日本华侨办庄（佚名）和公生隆设计印制一图多版别的“还我山河”子母标，是特别为褒扬袁世凯当年联络革命势力及北洋旧部，倒戈一击，逼迫清帝退位，实行共和有功而创作的（又名“逼宫”）火花。主图绘画一条青龙（暗喻清廷）双前爪托起地球，奉交给身穿戎装，形似袁世凯的中国将军，地球外上下印有楷书“还我山河”四字；因该火花顺乎国情民意而行销中国，袁氏也因此名噪一时，令世人一致认为只有“袁世凯出来才能收拾残局”，促成他于1912年3月当上了中华民国的临时大总统，随后又被“推举”为大总统。

图6-23 ★★★★

图6-24 ★★★★

图6-25 ★★★★

图6-26 ★★★★

图6-27 ★★★★

图6-28 ★★★★

图6-29 ★★★★

图6-30 ★★★★

图6-31 ★★★

图6-32 ★★★

图6-33 ★★★★

图6-23至图6-33　日本华侨办庄(佚名) 和中国万兴公司特制一图多版别的“共和伟人”、“共和总统”和“伟人”火花，是纪念袁世凯登上民国共和总统宝座的纪念火花，其中图6-23至图6-27把袁世凯与孙中山相提并论为“共和伟人”火花，主图是孙袁二人围桌对坐共商国是。

图6–34　★★★

图6–35　★★★

图6–36　★★

图6–37　★★★

图6–38　★★★★

图6-39 ★★★

图6-40 ★★★

图6-41 ★★★

图6-42 ★★★

图6-43 ★★★

图6-44 ★★★

图6-45 ★★★★

图6–46 ★★★

图6–47 ★★★

图6–48 ★★★

图6–49 ★★★

图6–50 ★★★

图6–51 ★★★★

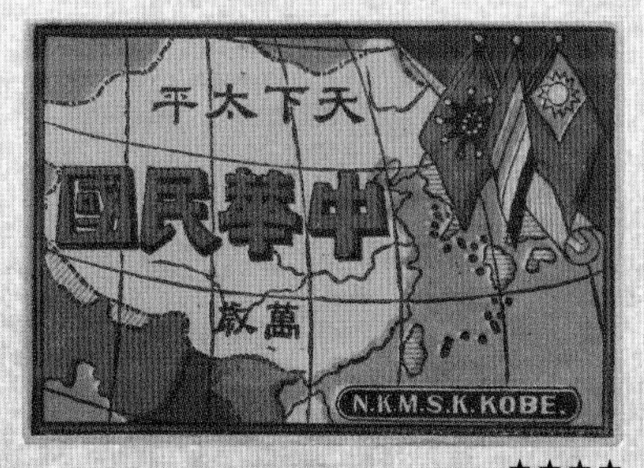

图6–52 ★★★★

图6–53 ★★★★

图6-54 ★★★

图6-55 ★★★

图6-56 ★★★

图6-57 ★★★★★

图6-58 ★★★★

图6-59 ★★★★

★★★★

图6-60

★★★★

图6-61

★★★★

图6-62

★★★★

图6-64

★★★

图6-63

★★★★

图6-65

★★★

图6-66

★★★

图6-67

★★★

图6-68

图6-69

★★★★

★★★★

图6-70

图6-71

★★★★

★★★★

图6-72

★★★★

图6-73

★★★★

图6-74

★★★★

图6-75

★★★

图6-76

★★★

图6-77

★★★★

图6-78

图6-79 ★★★

图6-80 ★★★★

图6-81 ★★★

图6-82 ★★★

图6-83 ★★★

图6-84 ★★★

图6-85 ★★★

图6-86 ★★★

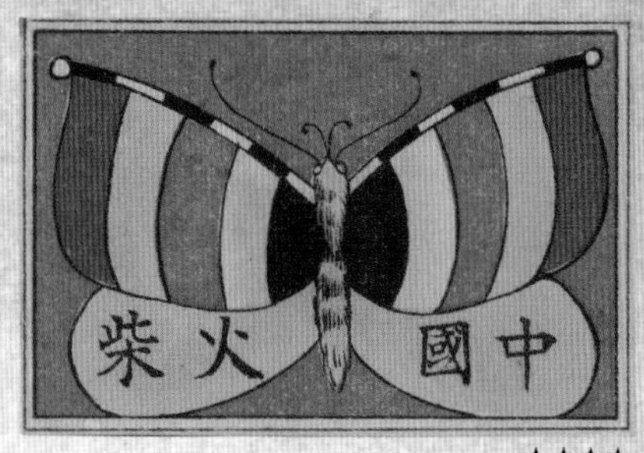

图6-87 ★★★★

图6-88 ★★★

图6-89 ★★★

图6-91 ★★★★

图6-90 ★★★★

图6-92 ★★★★

图6–93 ★★★★

图6–94 ★★★★

图6–95 ★★★

图6–96 ★★★

图6–97 ★★★★

图6–98 ★★★★

图6–99 ★★★

图6–100 ★★★★

图6-101 ★★★★

图6-103 ★★★

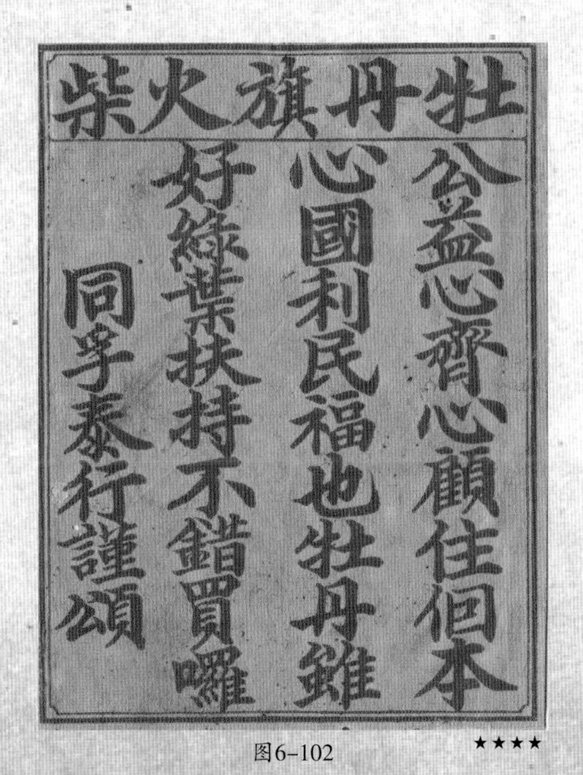

图6-102 ★★★★

图6-104 ★★★★

图6-105 ★★★★

图6-106 ★★★

图6-107 ★★★

图6-108 ★★★

图6-109 ★★★★

图6-110 ★★★

图6-111 ★★

图6-112 ★★★

图6-113　★★★★

图6-114　★★★★

图6-115　★★★★

图6-116　★★★★

图6-117　★★★

图6-118　★★★

图6-119　★★★

图6-120 ★★★

图6-121 ★★★

图6-122 ★★★

图6-123 ★★★★

图6-124 ★★★

图6-125 ★★★★

图6-126 ★★★★

图6-127 ★★★

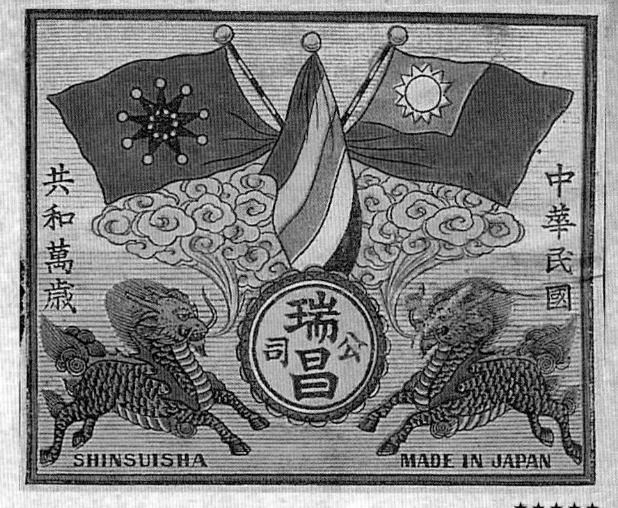

图6-128 ★★★★★

图6-129 ★★★

图6-130 ★★★★

图6-131 ★★★

图6-132 ★★★★

图6-34至图6-132　这是一系列反映民国初年，国民对新生的共和国未来充满美好憧憬的多种图版的火花。

图6-133 ★★★★

图6-134 ★★★★

图6-135 ★★★★★

图6-136 ★★★★

图6-133至图6-136　日本华侨办庄（佚名）为纪念“共和四伟人”1912年8月在北京联合签署发表“八大纲领”而特别设计的火花，其中图6-133、图6-134火花主图：一种稍早的版本是袁世凯还穿着清朝官服，另一种稍同版本图6-135、图6-136袁世凯已改成穿西服光头的形象。其主图绘画了在铁血十八星旗和五色旗下从左到右排列黎元洪、袁世凯、孙中山、黄兴四位人物形象。

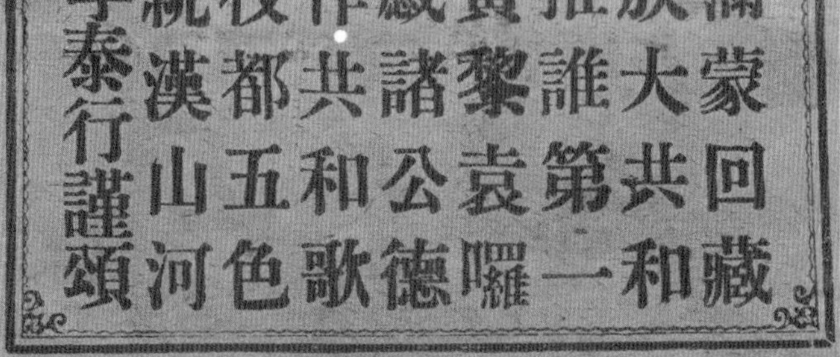

共和偉人嚜五色火柴

漢滿蒙回藏
五族大共和
功推誰第一
孫黃黎袁曜
我感諸公德
特作共和歌
柴枝都五色
一統漢山河
同孚泰行謹頌

图6-137 ★★★★★

图6-138　★★★★

图6-139　★★★

图6-140　★★★

图6-141　★★★★

图6-142　★★★

图6-143　★★★

图6-137至图6-143　“中华民国共和四杰”子母标分上下左右排列为孙中山、黄兴、袁世凯、黎元洪四杰人物形象。

图6-144 ★★★★

图6-145 ★★★★

图6-146 ★★★★

图6-147 ★★★★

图6-148 ★★★★

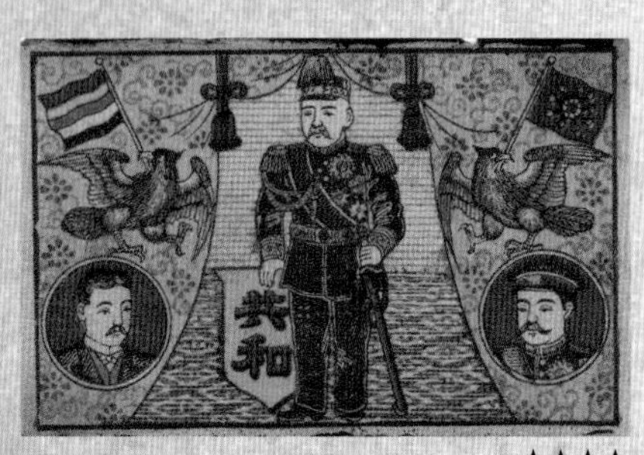

图6-149 ★★★★

图6-150 ★★★★

图6-151 ★★★★

图6-152 ★★★★

图6-153 ★★★★

图6-144至图6-153　“民国三星”和“共和三杰”等应是在黄兴病逝后发行的火花，主图上只印袁世凯、孙中山、黎元洪三位人物形象。

第七章

老火花上的故事

第一节　中共“一大”代表设计的“文明”牌火花

在我们所珍藏的数以十万计的火花中，不少的火花都有着各自的故事，其中一枚辛亥革命时期由中共“一大”代表李汉俊烈士设计，日本友好人士河上肇在日本印制的“文明”牌大贴标火花弥为珍贵。这里有一段鲜为人知的往事：1904年春夏之交，李汉俊获得其兄长李书诚好友吴禄贞的资助，只身东渡日本留学，后来加入了同盟会东京支部，致力于“推翻满清王朝的革命大业”。

1911年辛亥革命成功，李汉俊欣喜若狂，他以自己的美术专长，为日本经济学家河上肇所经营的火柴厂，绘制了一枚洋溢着“欢庆共和”喜庆色彩的火柴商标（图7–1）。

该枚火花底面为黄色，寓意为“炎黄子孙的光复胜利”。上端是两面交叉的五色旗，中间以醒目的楷书大字，标明了重建“文明”中华的强烈愿望。在强调了我国以“汉族”为主体外，同时以左右几面旗帜象征了

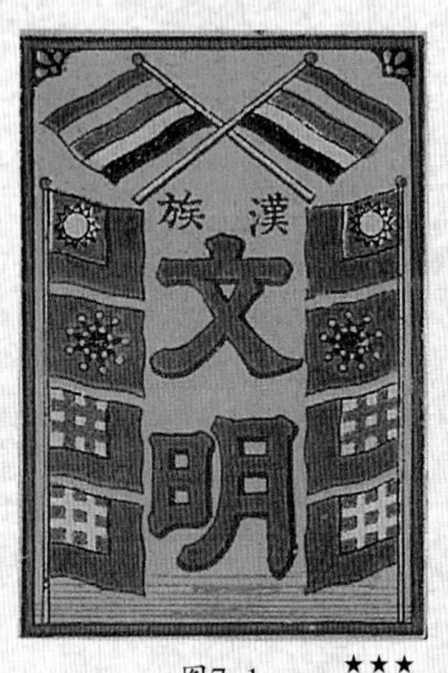

图7–1　★★★

图7–2　★★★

图7–3　★★★

图7–4　★★★

“汉、满、蒙古、回、藏”五族共和。下端的水纹线表示还包括其他少数民族。

当时，河上肇将这枚火花的图样，刊载在日本进步刊物上，赞誉其为“中国的革命火种”。当时贴有这种火花的火柴，在侨居地及中国境内各省区极其畅销，后此火花样式为多家华侨办庄借用仿制生产。（图7–2至图7–14）

据传，1917年8月，孙中山在南下广州组织护法军政府，在就任“海陆军大元帅”的典礼仪式后，派发给全军将士的“犒劳品”中，就有此种“文明”牌火柴。

1921年7月23日，中共“一大”代表在上海望志路106号召开会议，毛泽东见到李汉俊时，十分亲切地说：“我对你并不生疏，因为10年前便用过你设计商标的火柴，见物如见人啊！”

李汉俊于1927年被反动军阀胡安锋作为“共产党首要分子”所杀害。时隔几十年了，他制作的“文明”牌火花已成为稀世罕见的珍花，至今依然熠熠闪亮在人们心中。

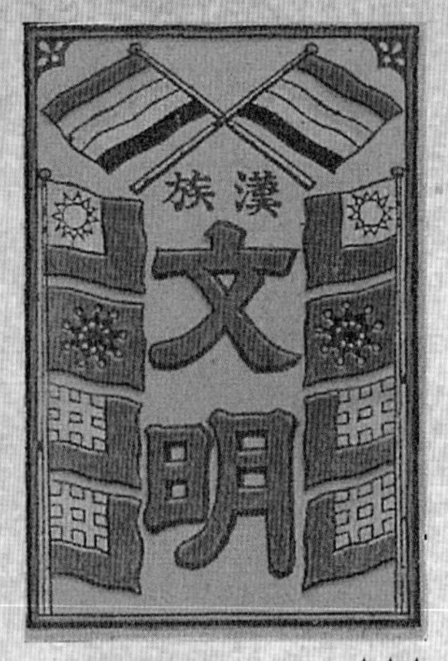

图7–5 ★★★

图7–6 ★★★

图7 7 ★★★

图7–8 ★★

图7–9 ★★★

图7-10 ★★★★

图7-11 ★★★★

图7-12 ★★★★

图7-13 ★★★

图7-14 ★★★

第二节　中华民国国旗之谜

中华民国成立时，临时参议院决议用五色旗作为中华民国国旗。到后来为什么又换成青天白日旗呢？民国时期的火花缘何会多种旗帜并存……这里有一些鲜为人知的故事。

1895年，兴中会决定在广州发动起义，会员陆皓东设计了青天白日旗作为起义军旗。旗底为蓝色，以示青天，旗中置一白日，有白光芒十二道。因广州起义失败，陆皓东死于是役，该旗未能使用。1900年孙中山在惠州三洲田起义时，第一次打出青天白日旗为标志。其后，兴中会骨干尤列在南洋创立中和堂，各会所悬青天白日旗。当时旗上所列叉光多寡不一。后经孙中山解释，叉光代表干支之数，应排做12，以代12个时辰，从此成为定制。

图7–15　★★★

中国同盟会成立之后，孙中山为纪念陆皓东提议在原青天白日旗上加上红色底色，改成红、蓝、白三色，以符合世界上自由、平等、博爱之真意，想以此旗作为革命军国旗图样式。黄兴认为，青天白日旗的形式不美观，以太阳为标志，是效法日本国旗。于是设计了井字旗（图7–15至图7–18），表示平均地权之意，但被孙中山否定。

图7–16　★★★

1907年的广东潮州黄冈、广东惠州七女湖、广西钦州防城、广西镇南关等起义，1908年的钦州马笃山、云南河口起义，1911年4的月广州诸役，这些武装起义中，革命党均打出青天白日满地红旗，作为反清的象征。

1911年5月，湖北革命团体共进会领导人刘公、孙武等联合文学社，积极筹备反清起义，绘制了铁血十八星旗，以备起义使用。红底和黑九角内、外角上共有18

图7-17　★★★

图7-18　★★★

图7-19　★★★

图7-20　★★★

图7-21　★★★

图7-22　★★★

图7-23　★★★

图7-24　★★★

颗金黄色的圆星，代表关内18个行省;黄色代表炎黄子孙，意味着这是一次民族大团结的革命。10月10日凌晨，打响了武昌起义的第一枪。他们将旗悬挂在阅马场湖北军政府门前，铁血十八星旗成为辛亥革命的象征。

图7-25 ★★★

武昌起义后，全国各省纷纷响应。当时各省所用旗帜共有四种。（也因此原因，日本华侨办庄运销往各省市的火柴商标印上的国旗标志也就各有不同。）

（一）湖北军政府、湖南军政府（焦达峰）所用为共进会的铁血十八星旗。

（二）上海、江苏所用为五色旗。1911年11月3日，同盟会会员陈其美和光复会会员李燮和率领商团、学生、敢死队和部分军警在上海举事，进攻江南制造局。4日，上海光复，李燮和被推为临时总司令。有人挂出红、黄、蓝、白、黑五色旗以示庆祝。12月2日，南京光复。上海一部分人建议，用五色旗作为光复旗，并通函全国。不久，上海、南京等长江下游地区皆悬挂五色旗作为新政权的象征。

图7-26 ★★★

（三）广东于11月9日宣告独立，同盟会领导人之一胡汉民就任广东军政府的都督，全广州城悬挂起青天白日满地红旗。

（四）陈炯明在惠州举兵时，使用了井字旗。当时，除了北方少数省还悬挂黄龙旗外，武汉悬挂的铁血十八星旗，上海、南京悬挂的五色旗和广东悬挂的青天白日旗成为革命旗帜的主流。

1912年1月1日，孙中山自沪抵宁，宣誓就任中华民国临时大总统。1月10日，临时参议院决议，以五色旗作为中华民国国旗，取红、黄、蓝、白、黑五色，代表汉、满、蒙古、藏、回五族共和之意，请孙大总统颁行全国。1月12日，孙中山复函临时参议院，认为

图7-27 ★★★★

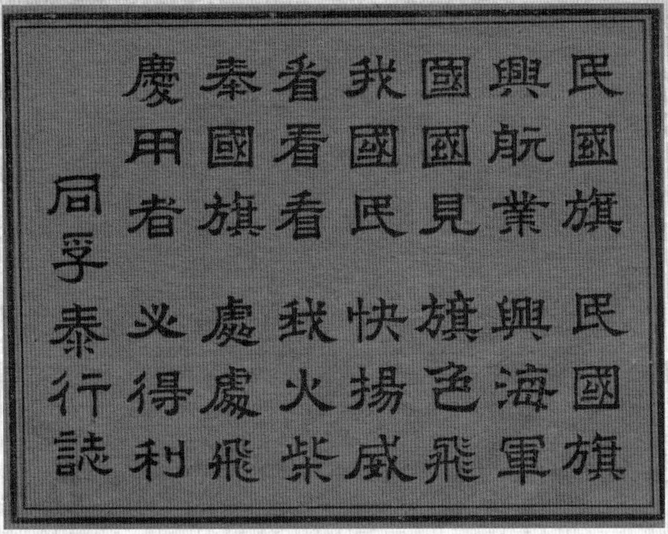
民國旗
興航業
國國見
我國民
看看看
奉國旗
慶用者
民國旗
興海軍
旗色飛
快揚威
我火柴
處處飛
必得利
同孚泰行誌

图7-28 ★★★★

永協豐造

图7-29 ★★★★

永協豐造

图7-30 ★★★

新裕隆造

图7-31 ★★★★

WAKATAKE HIOGO JAPAN

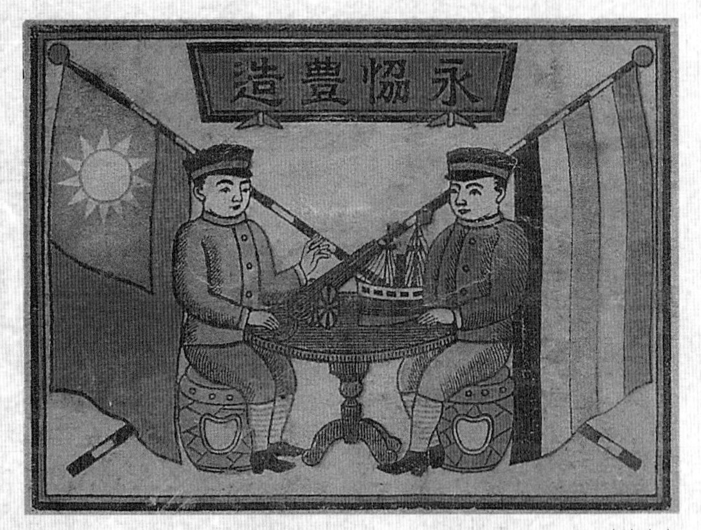

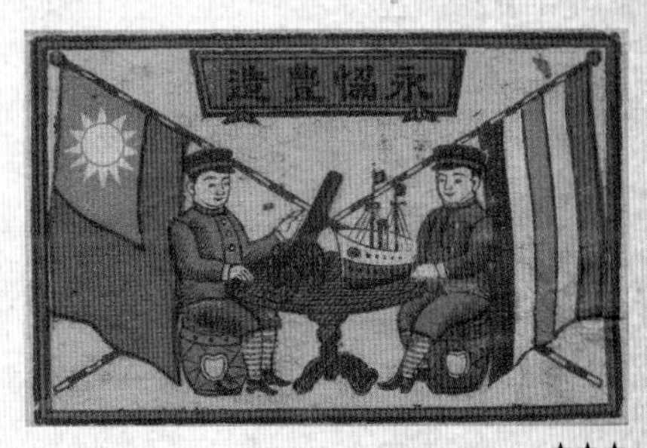

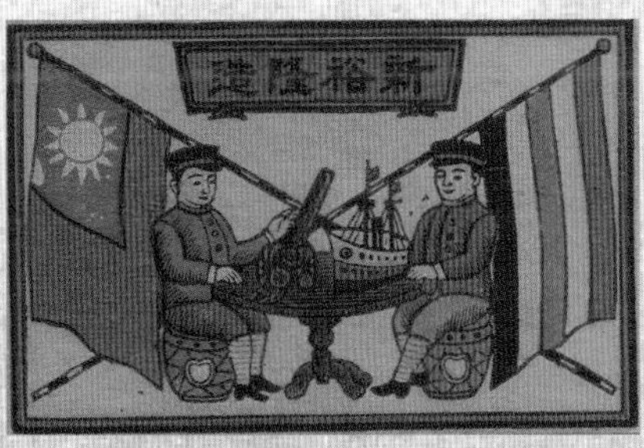

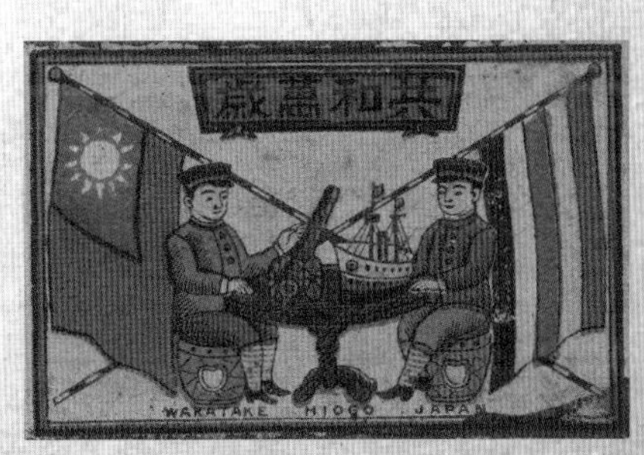

图7-32 ★★★

用五色旗作为国旗有三点不妥：（一）清国旧例，以五色旗为海军一、二品大官之旗，今废清国国旗，而用其官旗，未免失体。（二）五色旗的用意为五大民族，但用颜色代替，取意不准确。（三）既然五族五等，而上下排列，仍有阶级。因此，孙中山认为，从旗帜的历史、旗帜的取意和旗帜的美观而论，用青天白日满地红旗为宜。更何况其时独立各省所用之旗有铁血十八星旗、五色旗和青天白日旗三种，用其一必废其二，所以不能遽付颁行。待清廷覆亡，民选国会成立后，再将国旗问题交国民公决。

1912年3月10日，袁世凯在北京宣誓就任临时大总统。4月5日，临时参议院迁往北京，5月6日，临时参议院讨论国旗统一案，以蔡元培为代表的革命党议员们坚持用青天白日旗作为国旗。湖北省的议员则认为，铁血十八星旗与辛亥革命有密切关系，应以此为国旗，以示不忘武昌革命。但有人反对说：铁血十八星旗代表独立的十八行省，不包括内外蒙古、东三省、新疆、青海、西藏。现在约法规定：民国分26个区域，是不是改十八星为二十六星？可见十八星旗是不合适的。最后江苏都督程德全提出一个折中方案：以红、黄、蓝、白、黑五色旗代表汉、满、蒙古、藏、回五族作为中华民国国旗，以十八星旗作为陆军旗，以同盟会青天白日旗作为海军旗。此方案由北京政府正式公布。

1913年“二次革命”失败后，孙中山等革命党流亡日本，建立中华革命党，在颁发的党证委任状上，均用青天白日满地红旗为国旗，青天白日旗为党旗。1916年，在“护国运动”期间，起义于山东潍县和广东各地的中华革命军，都以青天白日旗作为标志。

图7-33 ★★

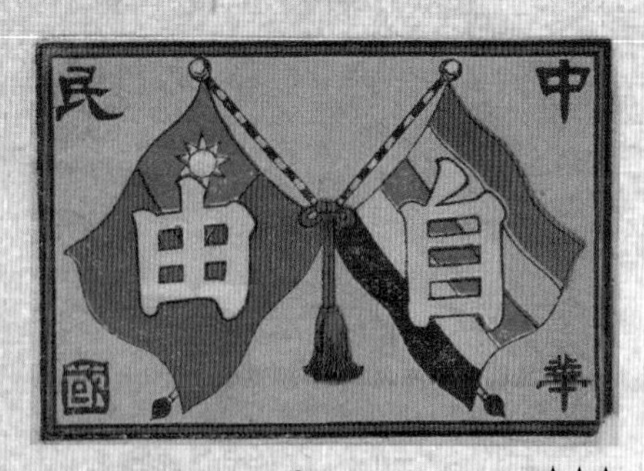

图7-34 ★★★

图7-35 ★★★

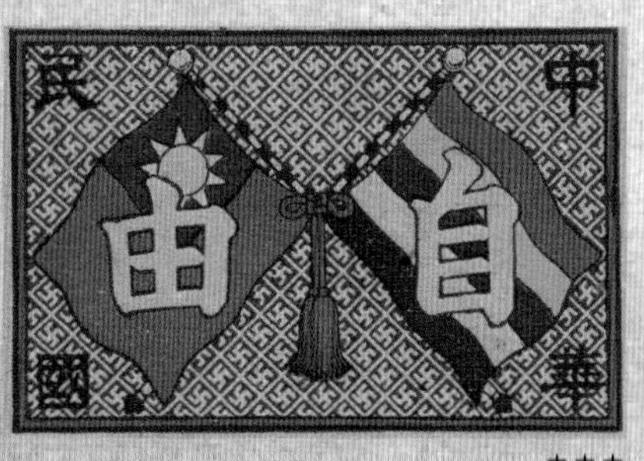

图7-36 ★★★

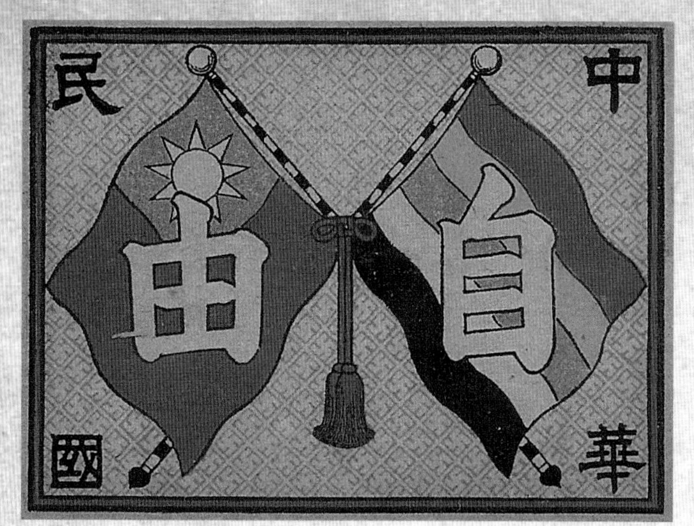

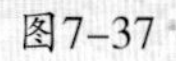
图7-37 ★★★★

图7-38 ★★★

图7-39 ★★

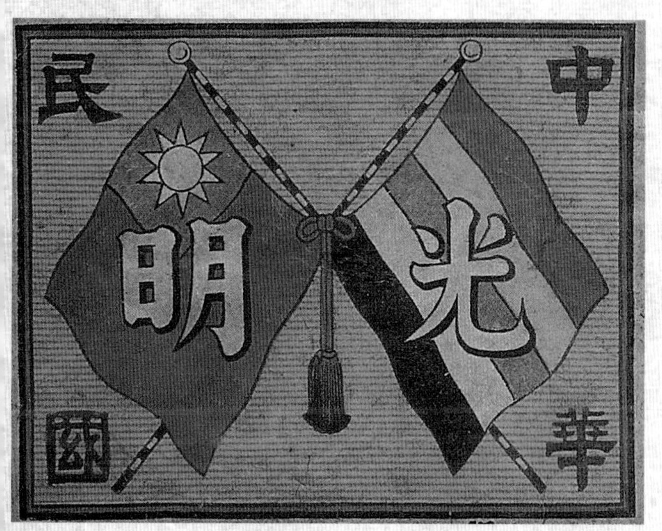

图7-40 ★★★★

图7-41 ★★★

图7-42 ★★★

图7-43 ★★★

1921年5月5日，孙中山在广州就任非常大总统时，宣布废止五色旗及铁血十八星旗，规定青天白日满地红旗为国旗和军旗。为了推翻北京政府，孙中山在桂林建立北伐大本营。1922年1月1日在大本营所在地举行隆重的升旗典礼。1923年，孙中山在广州重组大元帅府。孙中山就职之日，正式举行阅兵授旗礼，青天白日满地红旗重新飘扬在广州上空。1924年10月，孙中山北上途经香港时，军舰上悬挂着青天白日满地红旗，港英当局遣人上舰交涉说："如改悬五色旗，当以礼接待。"孙中山不予理睬。1925年7月1日，国民党在广州成立了民国国民政府，以青天白日满地红旗为国旗。1927年4月18日，南京国民政府成立，以青天白日满地红旗为国旗。1928年北伐成功后，东北易帜。青天白日满地红旗统一南北。

综上所述，可以了解到围绕中华民国国旗的争议经久不息，其间反反复复，致使早期火花上也随之不断变更，以致后来出现了"众旗争辉"的现象。（图7-15至图7-259）

图7-44 ★★★★

图7-45 ★★★★

图7-46 ★★★★

图7-47 ★★★★

图7-48 ★★★

图7-49 ★★★

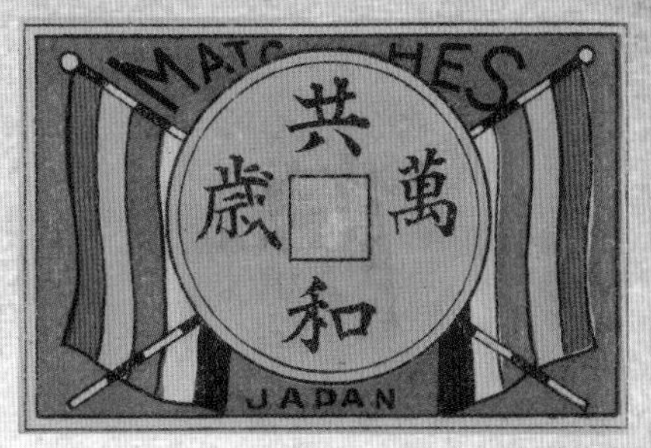

图7-50 ★★★

图7-51 ★★★

图7-52 ★★★

图7-53 ★★★

图7-54 ★★★

图7-55 ★★★

图7-56 ★★★

图7–57 ★★★★

图7–58 ★★★

图7–59 ★★★

图7–60 ★★★

图7–61 ★★★

图7–62 ★★★

图7–63 ★★★

图7–64 ★★★

图7-65 ★★

图7-66 ★★★

图7-67 ★★★

图7-68 ★★

图7-69 ★★★

图7–70 ★★★★

图7–71 ★★★

图7–72 ★★★

图7–73 ★★★★

图7–74 ★★★

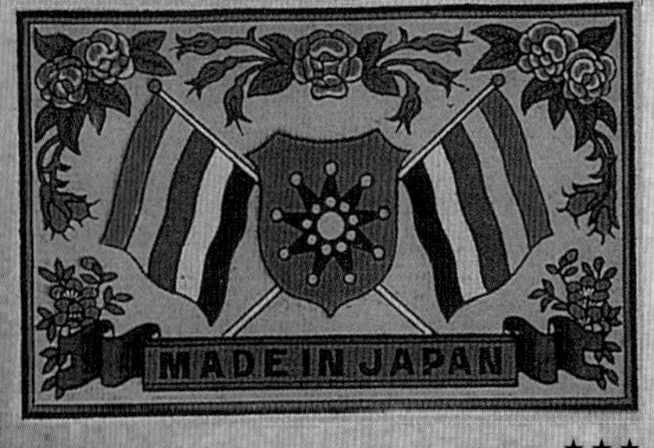

图7–75 ★★★

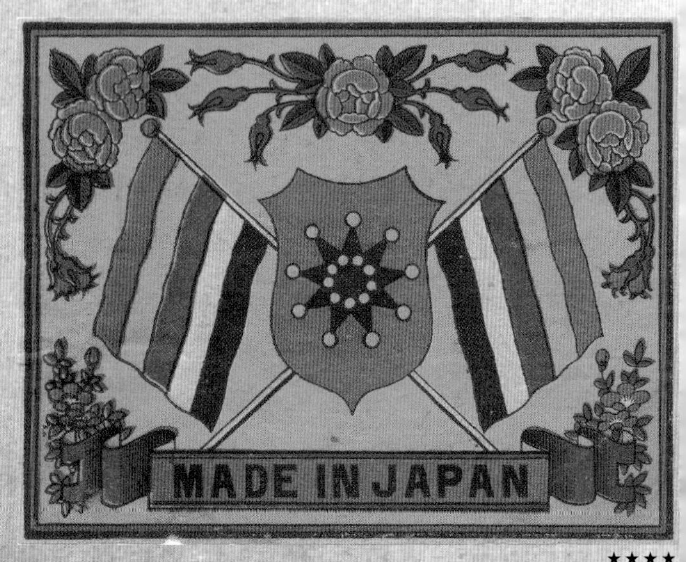

图7–76 ★★★★

图7-77　★★★

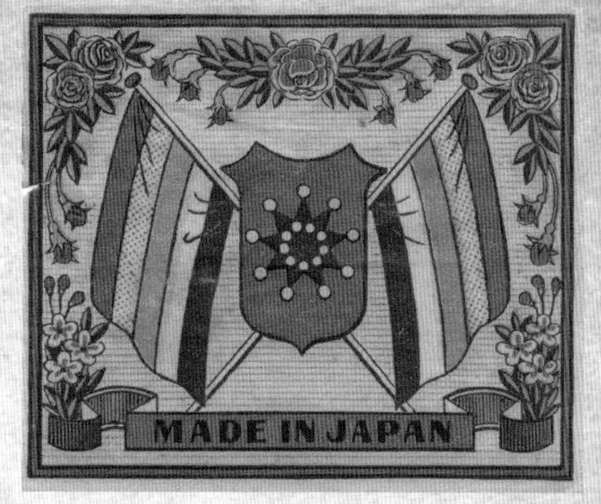

图7-78　★★★★

图7-79　★★★

图7-80　★★★

图7-81　★★★

图7-82　★★★★

图7-83　★★★

图7-84 ★★★★

图7-85 ★★★

图7-86 ★★★

图7-87 ★★★★

图7-88 ★★★

图7-89　★★★

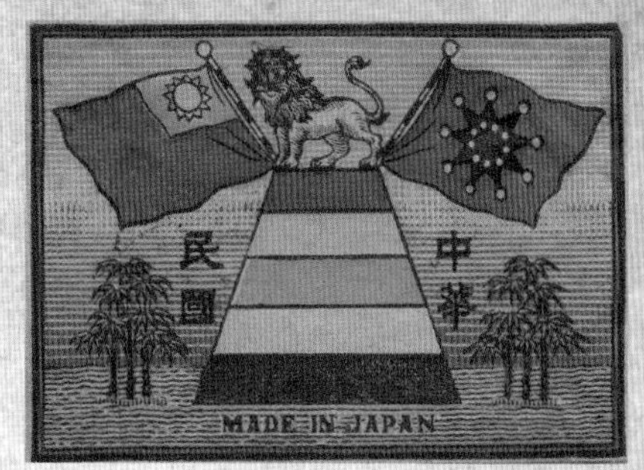

图7-90　★★★

图7-91　★★★

图7-92　★★★

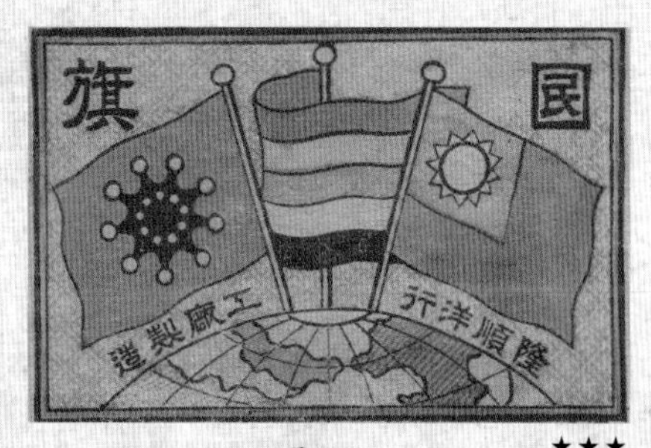

图7-93　★★★

图7-94　★★★

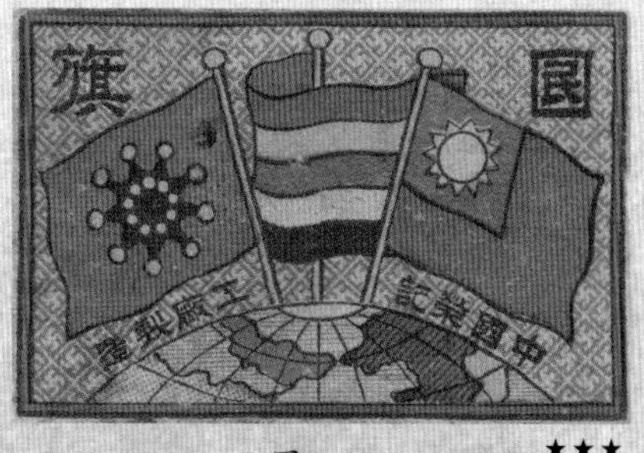

图7-95　★★★

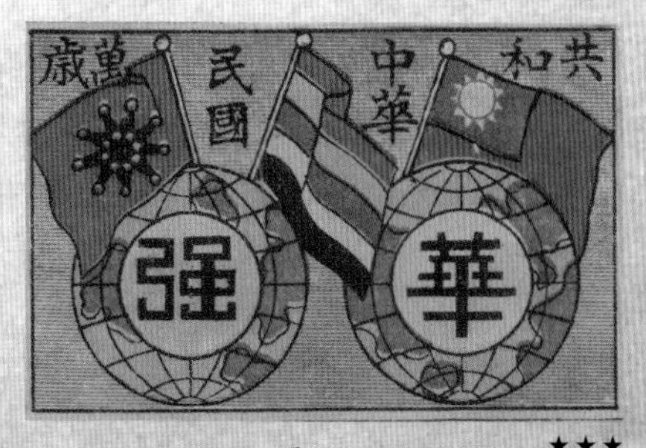

图7-96　★★★

图7-97 ★★★

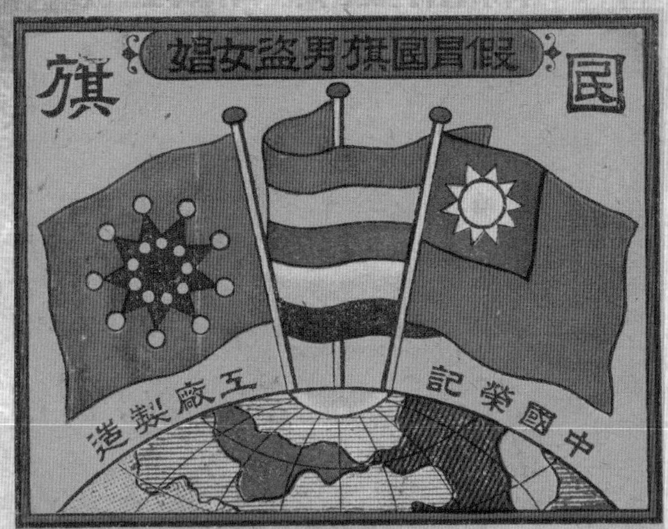

图7-98 ★★★★

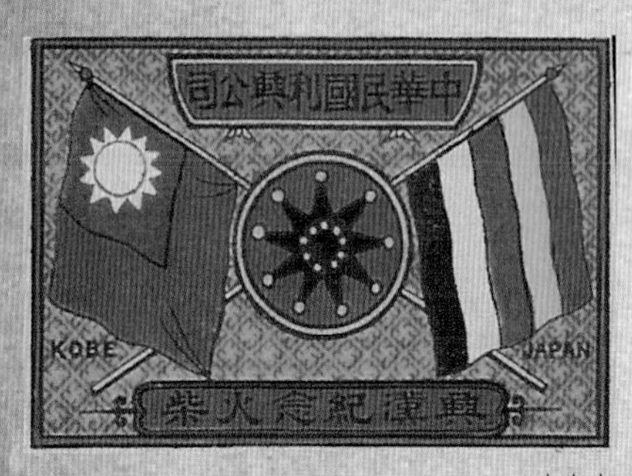

图7-99 ★★★

图7-100 ★★★

图7-101 ★★

图7-102 ★★★

图7-103 ★★★★

图7-104 ★★★

图7-106 ★★★

图7-108 ★★★

图7-109 ★★★

图7-105 ★★★★

图7-107 ★★★★

图7-110 ★★★★

图7-111 ★★★

图7-112 ★★★

图7-113 ★★★

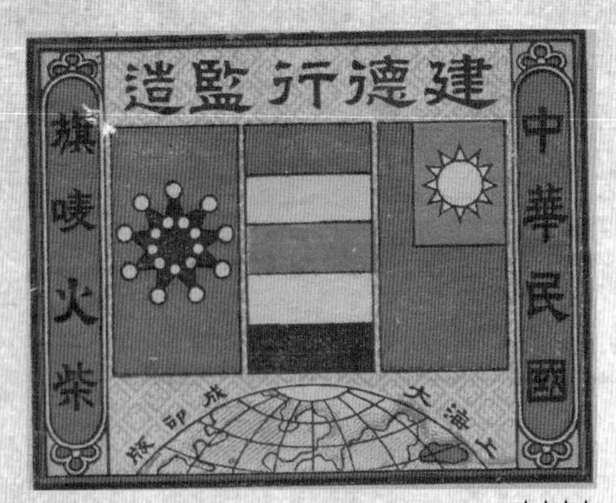

图7-114 ★★★★

图7-115 ★★★

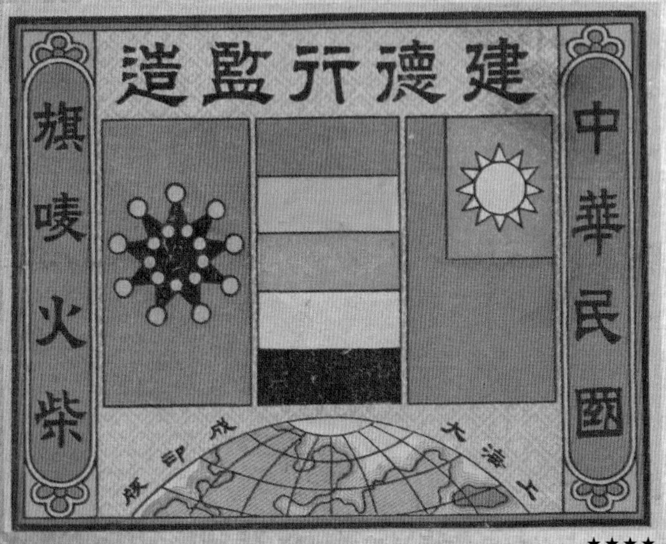

图7-116 ★★★★

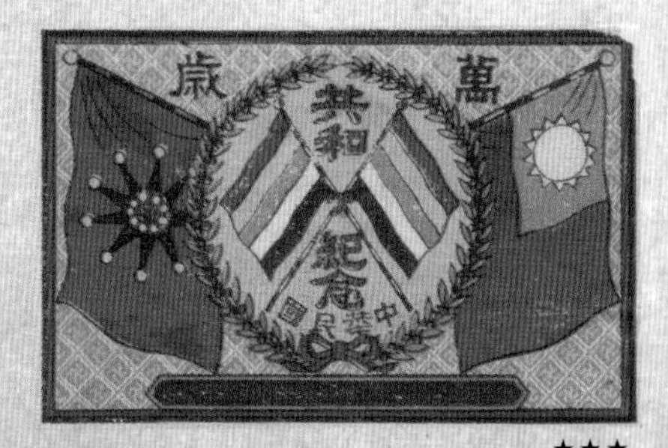

图7-117 ★★★

图7-118 ★★★★

图7-119 ★★★

图7-120 ★★★

图7-121 ★★★★

图7-122 ★★★

图7-123 ★★★

图7-124 ★★

图7-125 ★★★

图7-126 ★★

图7-127 ★★

图7-128 ★★

图7-129 ★★

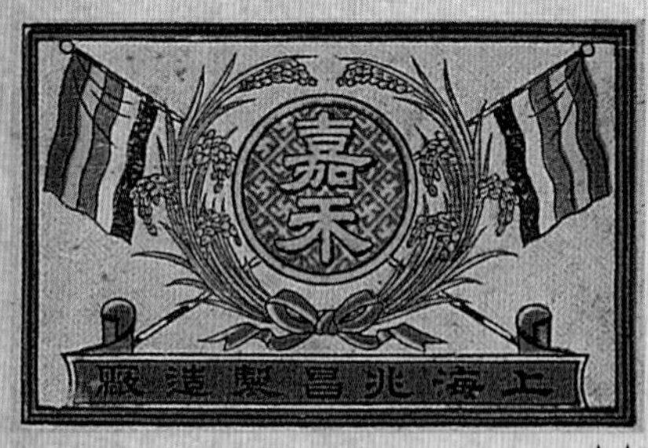

图7-130 ★★

图7-131 ★★

图7-132 ★★

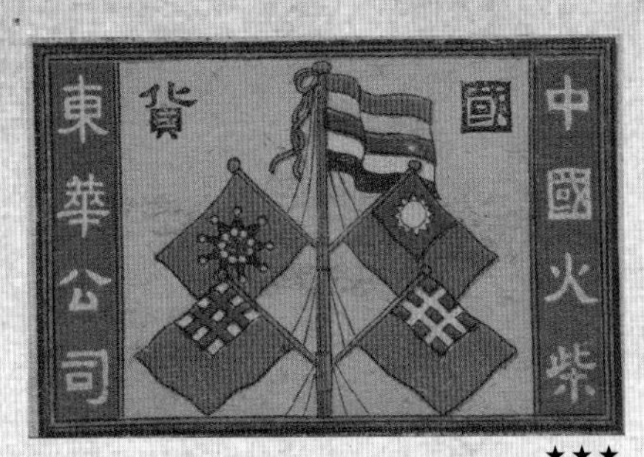

★★★
图7-133

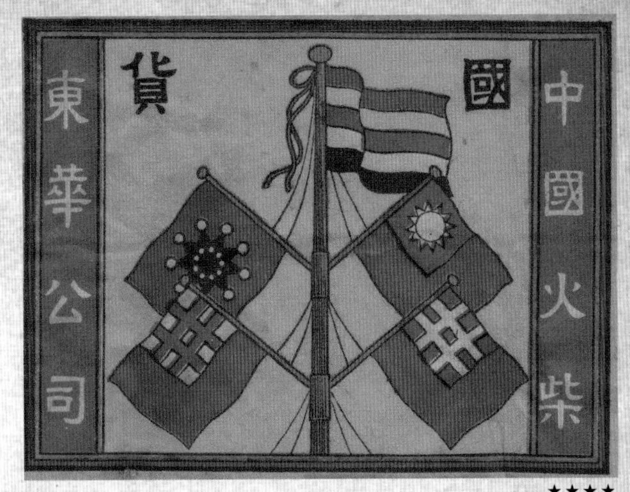

★★★★
图7-134

★★★
图7-135

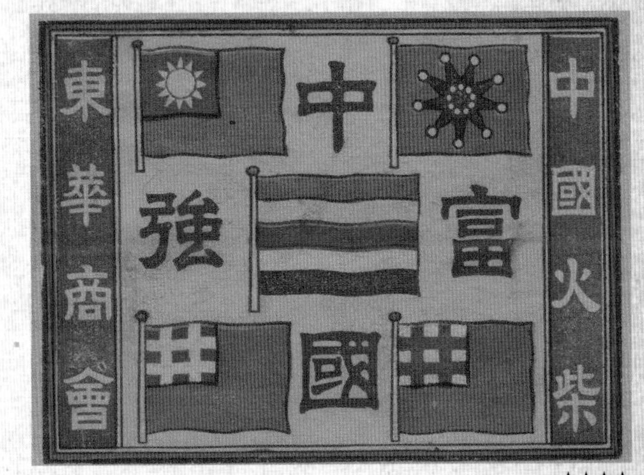

★★★★
图7-136

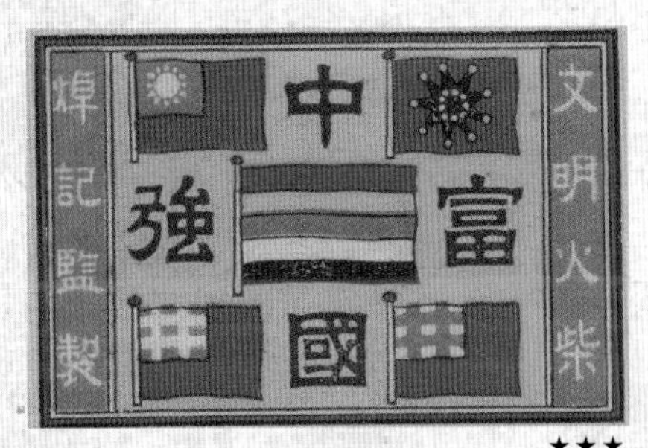

★★★
图7-137

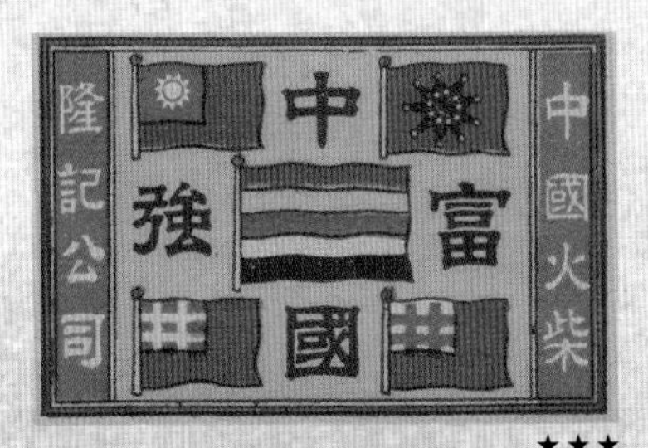

★★★
图7-138

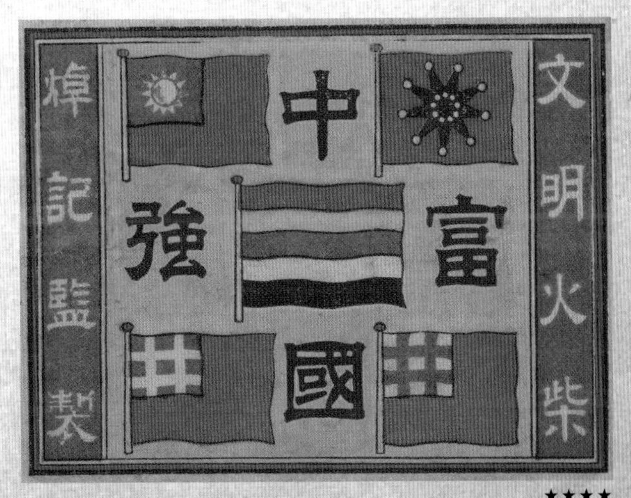

★★★★
图7-139

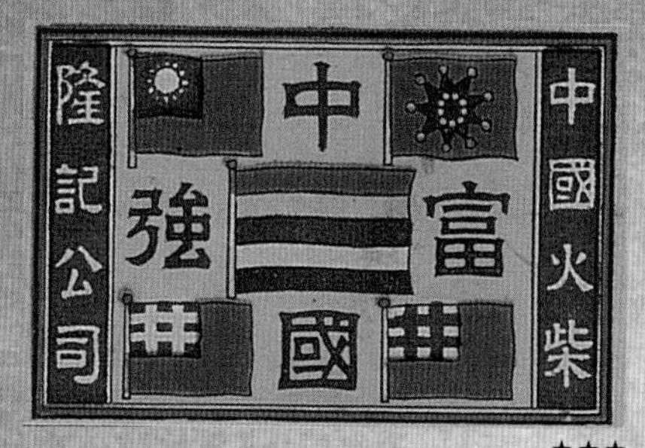

图7-140 ★★★

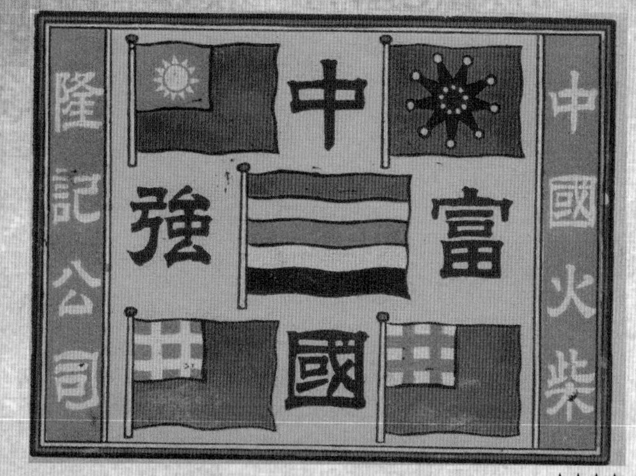

图7-141 ★★★★

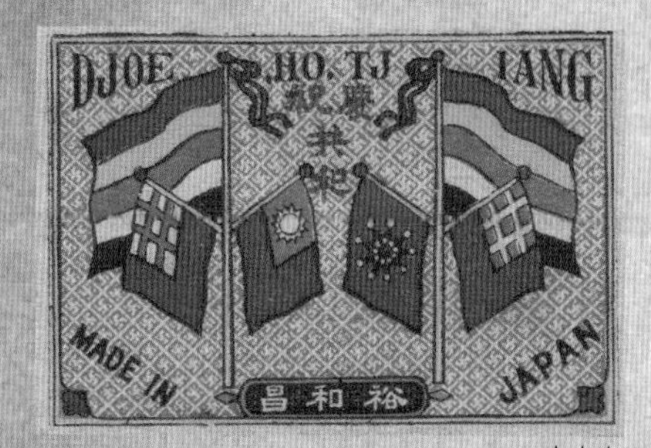

图7-142 ★★★

图7-143 ★★★

图7-144 ★★★

图7-145 ★★★

图7-146 ★★★

图7-147 ★★★

图7-148 ★★★

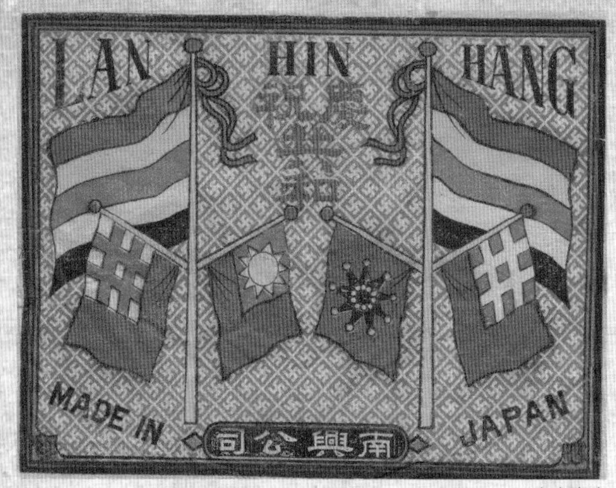

图7-149 ★★★★

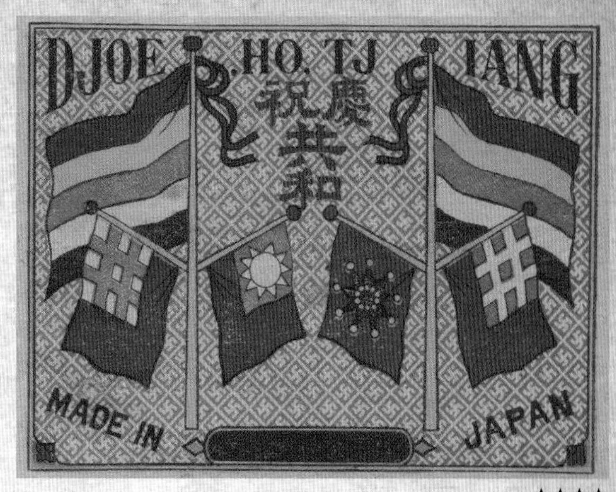

图7-150 ★★★★

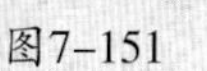
图7-151 ★★★

图7-152 ★★★

图7-153 ★★★

图7-154 ★★★★

图7-155 ★★★

图7-156 ★★★

图7-157 ★★★

图7-158 ★★★★

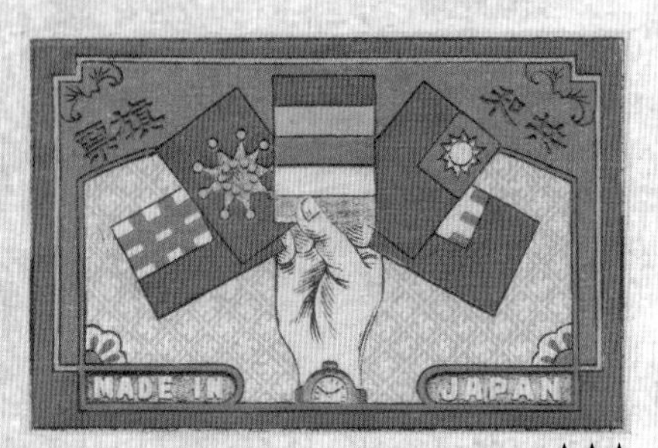

图7-159 ★★★

图7-160 ★★★

图7-161 ★★★★

★★★

图7-162

★★★★

图7-163

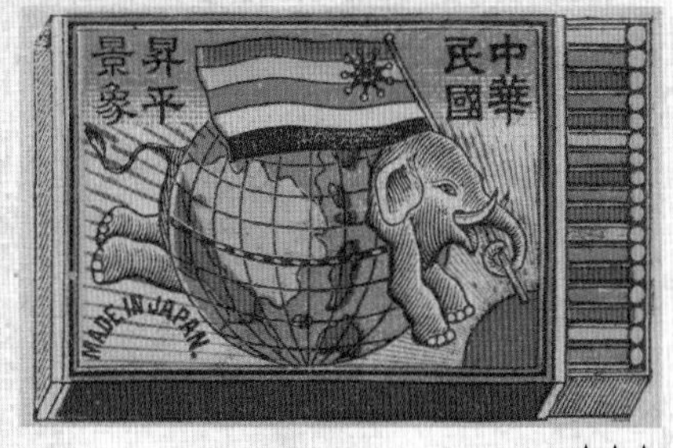

★★★

图7-164

★★★★

图7-165

★★★★

图7-166

★★★★

图7-167

★★★

图7-168

图7-169 ★★★

图7-170 ★★★

图7-171 ★★★

图7-172 ★★★

图7-173 ★★★

图7-174 ★★★★

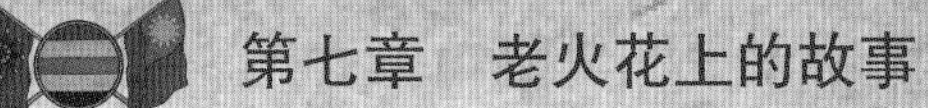

★★★★

图7–175

★★★

图7–176

★★★

图7–177

★★★★

图7–178

★★★

图7–179

★★★★

图7–180

图7-181 ★★★

图7-182 ★★★

图7-183 ★★★

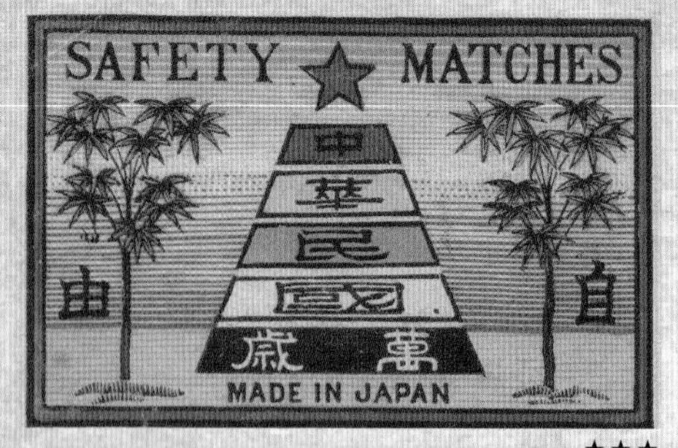

图7-184 ★★★

图7-185 ★★★

图7-186 ★★★

图7-187 ★★★★

图7-188 ★★★

图7-189 ★★★

图7-190 ★★★

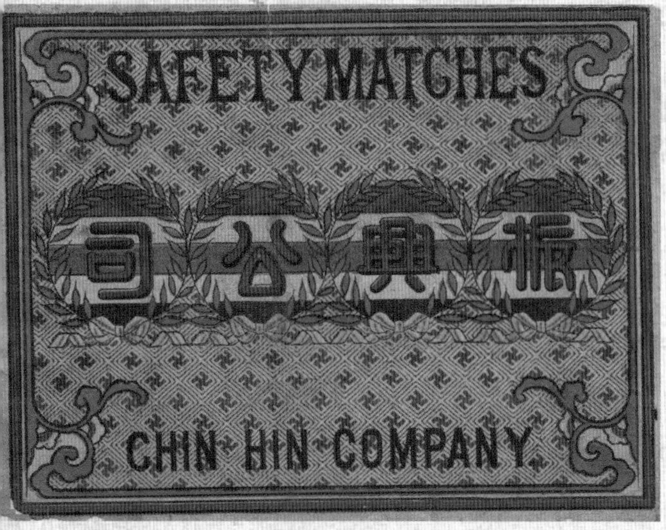

图7-191 ★★★★

图7-192 ★★

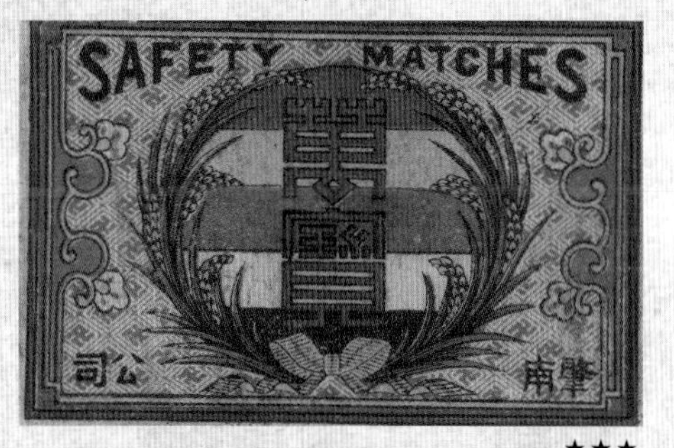

图7-193 ★★★

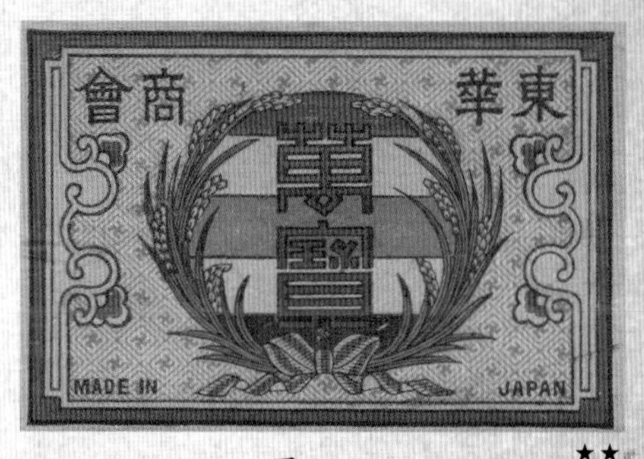

图7-194 ★★

图7-195 ★★★★

图7-196 ★★★

图7-197 ★★

图7-198 ★★

图7-199 ★★

图7-200 ★★

图7-201 ★★

图7-202 ★★★★

图7-203 ★★★★

图7-204 ★★★

图7–205 ★★★

图7–206 ★★★

图7–207 ★★★

图7–208 ★★★

图7–209 ★★★

图7–210 ★★★

图7–211 ★★★

图7–212 ★★★

图7-213 ★★★

图7-214 ★★★

图7-215 ★★★★

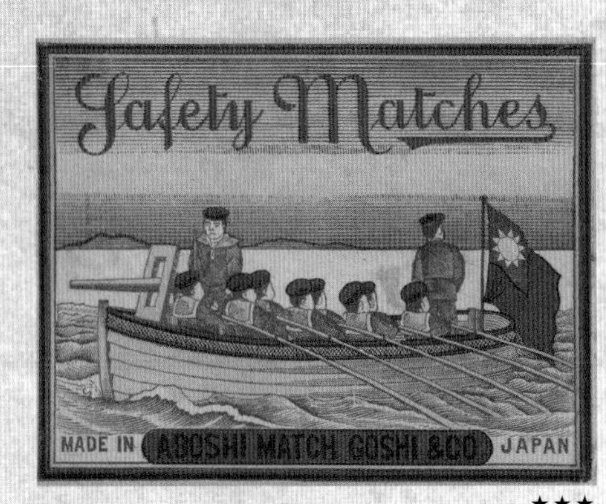

图7-216 ★★★

图7-217 ★★★

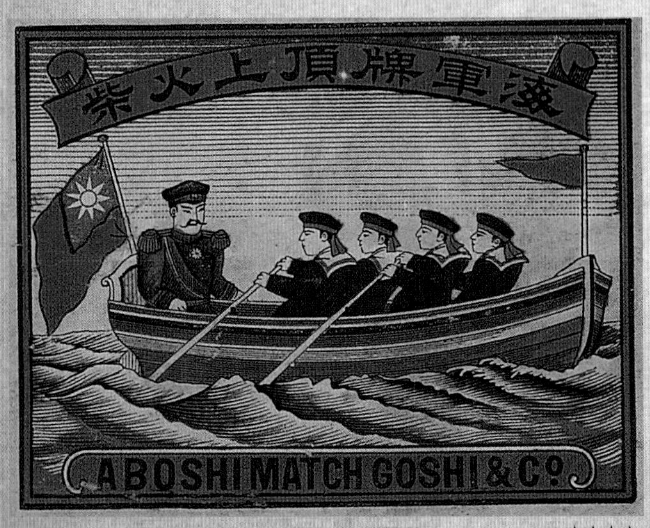

图7-218 ★★★★

图7-219 ★★★

图7-220 ★★★

图7-221 ★★★

图7-222 ★★

图7-223 ★★

图7-224 ★★

图7-225 ★★

图7-226 ★★

图7-227 ★★★

图7-228 ★★★

图7-229 ★★★

图7-230 ★★★

图7-231 ★★★

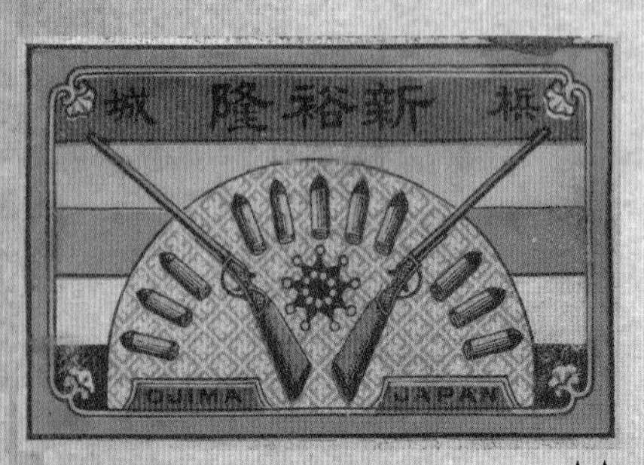

图7-232 ★★

图7-233 ★★

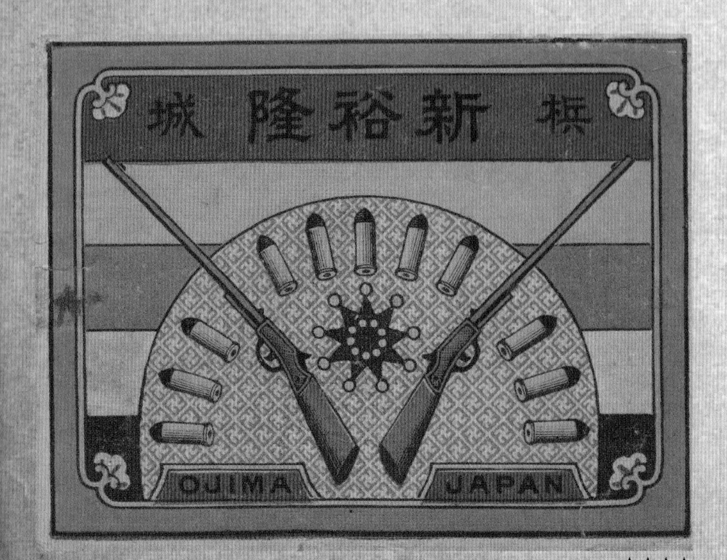

图7-234 ★★★★

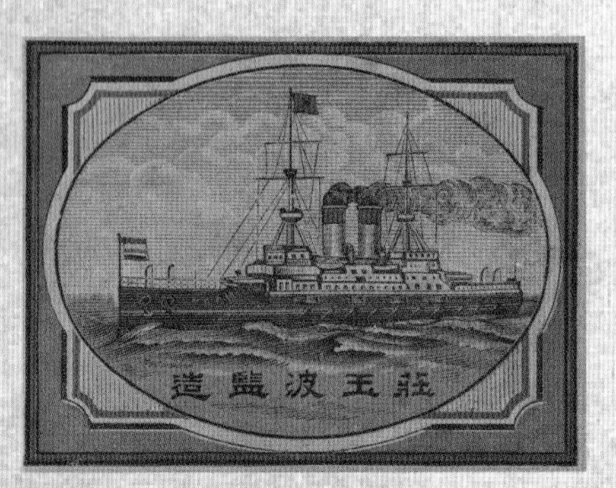

图7-235 ★★★

★★★

图7-236

★★★★

图7-239

★★★

图7-238

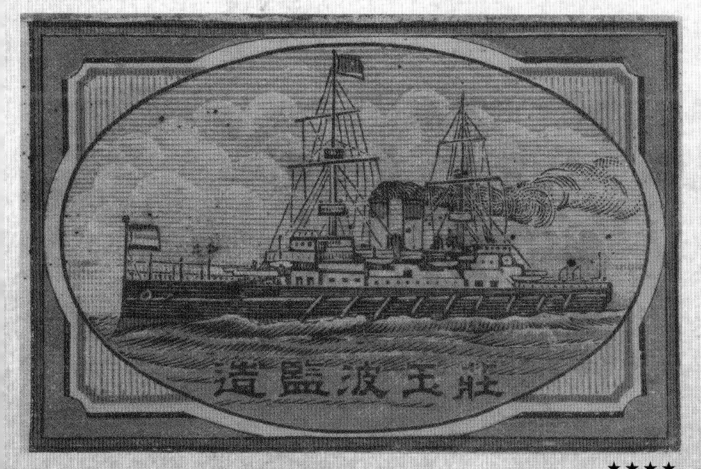

★★★★

图7-240

★★★

图7-241

SAFETY MATCHES TRADE MARK 裕貞祥監製

★★★

图7-237

图7-242 ★★★

图7-243 ★★★

图7-244 ★★★

图7-245 ★★★

图7-246 ★★★

图7-247 ★★★

图7-248 ★★★★

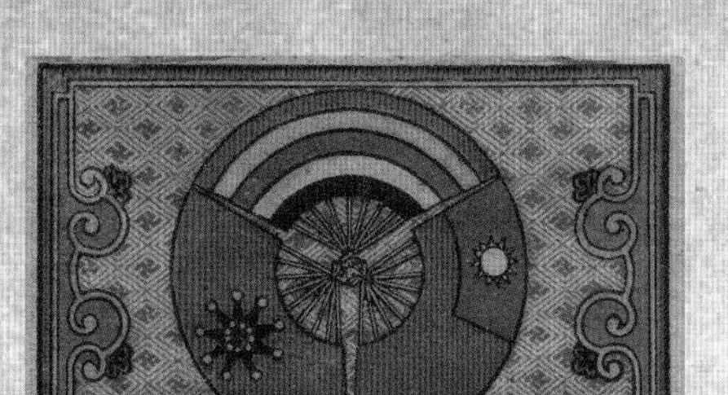

图7-249 ★★★

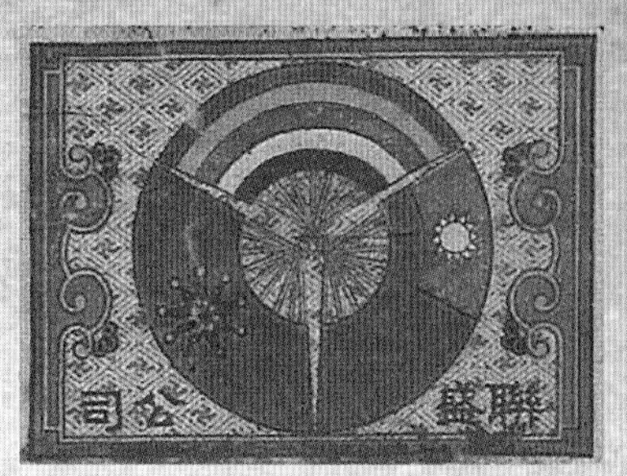

图7-250 ★★★

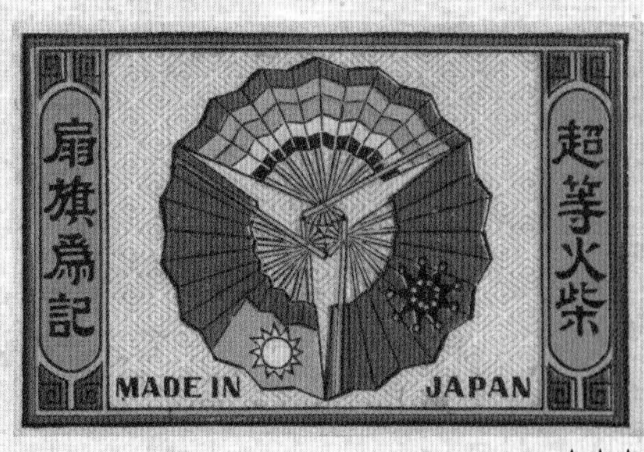

图7-251 ★★★

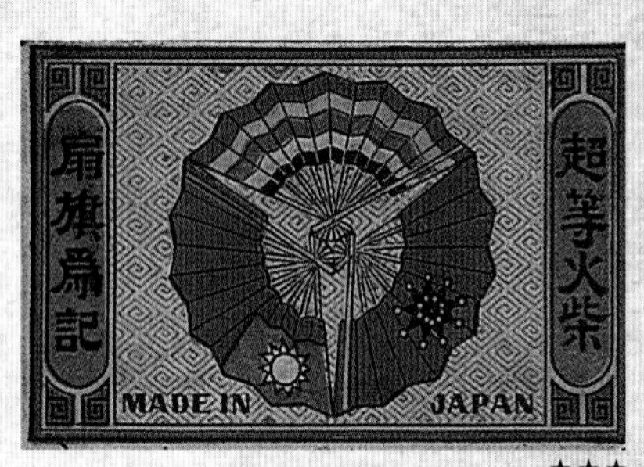

图7-252 ★★★

图7-253 ★★★★

图7-254 ★★★

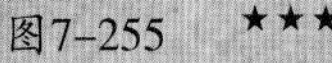
图7-255 ★★★

图7-256 ★★★

图7-257 ★★★

图7-258 ★★★

图7-259 ★★★★

中华民国建立后，由于各列强拒不承认南京临时政府，故当时国内及侨居海外的火柴厂商在印制发行的纪念火花时，为避嫌，多是没印生产厂名的，加之在确定民国国旗问题上也有分歧意见。

1912年1月10日在南京各省代表会及临时参议院议决：以五色旗为国旗（取五族共和之意）分别代表汉、满、蒙古、回、藏五个民族，寓意以这五个民族为主体的各民族统一的民主共和国。并将青天白日满地红旗定为海军军旗，铁血十八星旗定为陆军军旗。但孙中山仍坚称五色旗为国旗之决议不妥，于是在同年1月12日咨复参议院，申明其反对之理由，提请临时参议院复议，但是结果仍通过以五色旗为国旗。最后孙中山以总统名义提议“暂勿颁订施行，而候诸民选国会成立之后”。故这段时期民间厂商印制发行的纪念火花中也不可避免地出现了多种不同旗帜的版本。可谓匠心独运，百花齐放。从一个侧面反映了国内部分民众和一部分理解支持辛亥革命的华侨和外国厂商捐助革命所作出的奉献。

第三节　革命伴侣孙中山与宋庆龄

图7-260 ★★★★

1915年10月25日，孙中山与宋庆龄在日本东京成婚，他们年龄相差27岁，他们是生活伴侣，更是革命战友。（图7-260至图7-263）

孙中山和宋家颇有渊源，他与宋庆龄的父亲宋耀如是好友。宋耀如在美国深受西方民主思想的影响，对腐败的清廷很反感，对孙中山的革命活动很支持，很快就成为一位革命的追随者。

当时，孙中山多流亡于国外，但每次到上海，必到宋耀如家，宋庆龄很喜欢听孙中山讲革命道理，并尊称他为“先生”。

1907年，宋庆龄去美国威斯理安学院学习，接受了西方民主思想。四年后，辛亥革命取得成功，1912年元旦，孙中山在南京就任中华民国临时大总统。宋耀如带着大女儿宋蔼龄前来参加就职典礼，并把她留在孙中山身边做英文秘书。

图7-261 ★★★★

“二次革命”失败后，孙中山及许多革命党人流亡日本，宋耀如一家也到了日本，这时宋庆龄从美国来到东京，毅然接替了姐姐的工作。

是时，孙中山领导的革命事业，正处在极度困难之中。宋庆龄每天从早到晚不知疲倦地为孙中山处理英文信件，整理文稿、电文，及时提供他所需要的各种资料，孙中山十分满意。在与孙中山的接触中，宋庆龄不仅加深了对中国革命的认识，增强了革命的意志和献身于革命的精神，对孙中山的为人也有了更深入的了解。同样，宋庆龄的到来，不仅是对孙中山寂寞中的一种慰藉，更多的是对他革命工作的鼓舞和支持。他们彼此心心相印，产生了爱慕之情。

1914年11月，宋庆龄回上海探望父母，临行前和孙中山商谈“结合”一事，孙中山希望她“慎重考虑”。但宋庆龄十分坚定。

图7-262 ★★★★

宋庆龄回到上海后，向父母表示了要和孙中山结合的愿望。没想到，父母坚决反对，不允许她再去日本，并把她锁在房内。

1915年，孙中山把结发妻子卢慕贞从澳门接到东京，向她谈及与宋庆龄之事。深明事理的卢慕贞应允了孙中山的离婚要求。离婚后的孙中山马上请广东香山老乡朱卓文及其女儿慕菲雅去上海疏通。慕菲雅是宋庆龄的同学，两人关系很好，朱家父女找到宋家，转交了一封孙中山给宋庆龄的“急信”，并向她说明了孙中山和卢慕贞离婚的详情，还出示了协议书。

宋庆龄为孙中山的深切之情所感动，她顾不上家人的反对，在女佣的帮助下毅然出逃。10月24日，她乘船到日本横滨，随即乘火车去东京，孙中山赶到车站迎接。翌日，他们一起去办妥了结婚手续，签订了《誓言书》，在日本举行了简单而又不寻常的婚礼，双方的亲属都没有人参加，只有中华革命党的少数负责人和日本朋友出席了这个朴素的婚礼。

这桩婚事对孙中山最后10年的革命活动具有积极而深远的意义，宋庆龄也成为一个坚强的革命战士，孙中山逝世后，她秉承遗志，奉献于推动中国和平、独立、自强的事业，成为一位伟大的女性。

★★★★

图7-263

图7-260至图 7-263　日本华侨办庄公安隆行和志栈洋行当时为孙、宋联姻特别设计印制了“共和爱国”一图多版别的子母标火花，尽管构图上还不够严谨写实，但这些老火花却形象地展现这一事件。主图上，在高悬的由铁血十八星旗、青天白日满地红旗和五色旗串联而成的彩旗下，身穿西服、蓄着两撇短须的孙中山与头戴宽边花帽、身穿裙服的宋庆龄围桌对坐，畅叙国事，画面温馨和谐，极富生活气息。这是唯一一枚印有宋庆龄形象的民国珍花。

第四节　孙中山实业救国

孙中山在辞去临时大总统后，表示：“中华民国成立，民族、民权两主义俱达到，唯有民生主义尚未着手。”进而表示10年内不参与政治，集中精力筹款60亿元，修筑20万里铁路，使中国变为世界上富强的国家。1912年9月，他接受袁世凯的委任，担任全国铁路督办，计划在全国各地成立公司，招股兴筑。

黄兴也遣散了南京临时政府的军队，表示要发奋经营实业，拥护孙中山的铁路政策。同年12月，受袁世凯委任督办汉、粤、川铁路事宜。

★

图7-264

图7-264　南京火柴厂2000年发行的伟人风采中的宋庆龄画像贴标火花。

第五节　孙中山首举护法旗帜

1917年7月，孙中山率领部分海军南下广州。

图7-265 ★★★

图7-266 ★★★

图7-267 ★★★

图7-268 ★★★

图7-269 ★★★

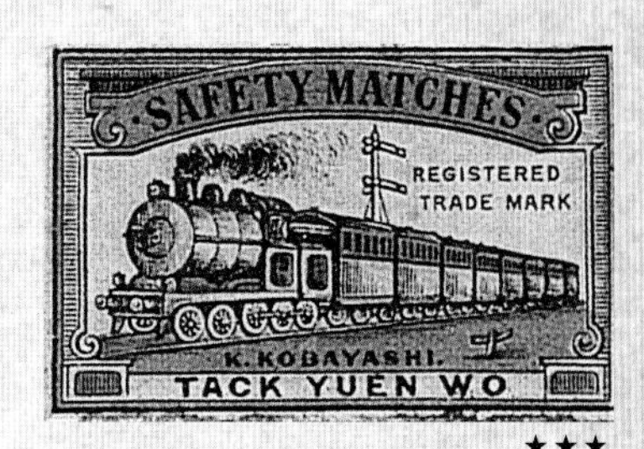

图7-270 ★★★

图7-271 ★★★

8月25日，部分南下国会议员在广州召开非常国会会议。29日，通过《国会非常组织法大纲》并决定成立军政府。31日，会议又通过《中华民国军政府组织大纲》，明确规定在《临时约法》未完全恢复之前，行政权由大元帅执掌，对外代表中华民国。9月1日，国会非常会议以无记名投票方式选举孙中山为护法军政府大元帅，翌日，又选举唐继尧、陆荣廷为元帅。晚间，众议院议长吴景濂、参议院副议长王飞廷偕同国会议员数十人，乘舞凤舰至黄埔公园孙中山行辕，举行授印仪式。10月，孙中山正式身着特制的大元帅礼服，手持大元帅指挥刀，乘军舰前往于珠江南岸的士敏土厂（即后来的孙中山大元帅府）就任护法军政府海陆军大元帅职，并发表演说，表示“竭股肱之力，根除奸凶，恢复约法”。当晚广州万余人提灯游行，庆祝护法军政府成立。军政府成立当天，非常国会还选出了各部总次长如下：内务总长张洪伊，外交总长伍廷芳，陆军总长张开儒，海军总长程璧光，交通总长胡汉民，财政总长唐绍仪。孙中山又以大元帅名义任李烈钧为参谋总长，林葆怿为海军总司令，方声涛为卫戍总司令，李福林为亲军总司令，章太炎为秘书长，许崇智为参谋长，李耀汉为筹饷总办，廖仲恺为财政次长、代理总长，面对西南军阀不予合作的状况，孙中山又以大元帅名义相继任命补充了一些空缺的军政府各部人员，这样一个与北洋军阀相对峙的护法军政府建立了。当时的日商火柴厂精心设计印制一图多种版别的“中华民国海陆军万岁”等火花，以示祝贺。广东光中公司，1925年发行的纪念孙中山逝世火花主图孙中山遗像，就是以孙中山就职护法军政府海陆军大元帅时拍的标准像为蓝本的。

1918年5月，孙中山受西南军阀排挤而辞去大元帅职，赴上海。

1920年11月28日孙中山重返广州，29日恢复军政府，重开军政府政务会议，决定政府人选，并定以广州观音山的督军署为军政府府第，

图7-272 ★★★

图7-272　1925年广东光中公司为纪念已逝的开国元勋孙中山印制的“中山牌”火花，主图孙中山像取材于1917年孙中山就任海陆军大元帅之戎装照，左右印孙中山遗言“革命尚未成功，同志仍须努力”。以蓝、红二色印刷。

图7-273 ★★★

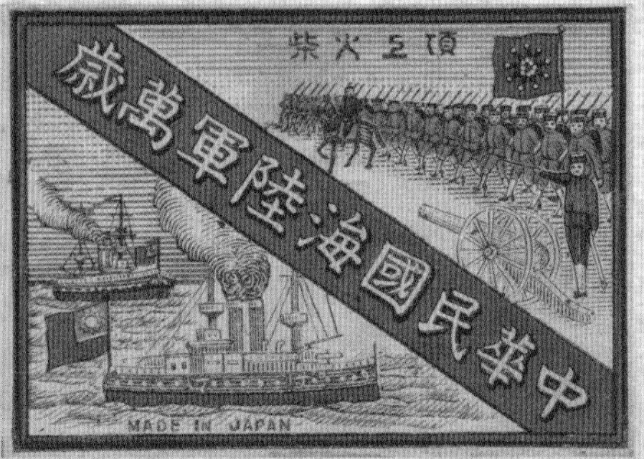

图7-274 ★★★

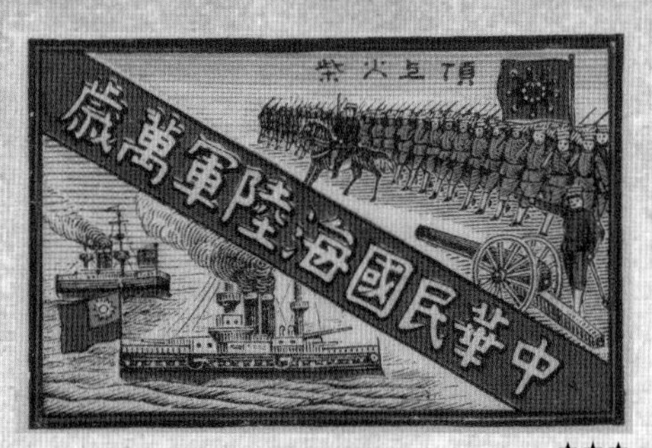

頂上火柴
中華民國海陸軍萬歲

★★★

图7-275

頂上火柴
中華民國海陸軍萬歲

★★★

图7-276

THE ARMY & NAVY

★★

图7-277

中華民國海陸軍萬歲
MADE IN
JAPAN

★★

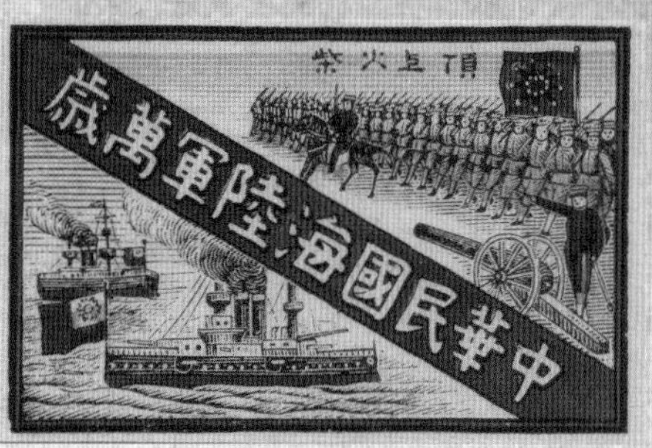

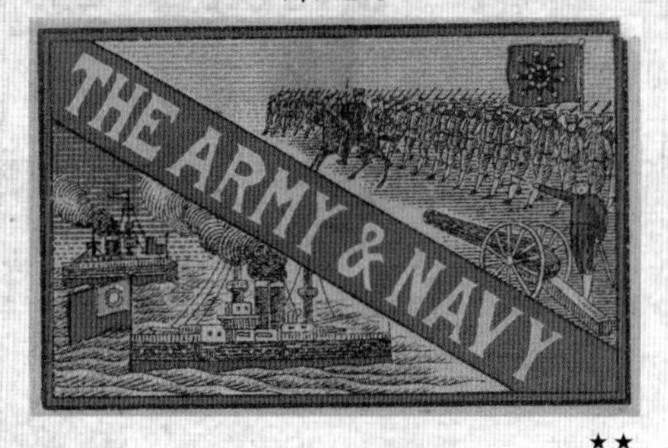

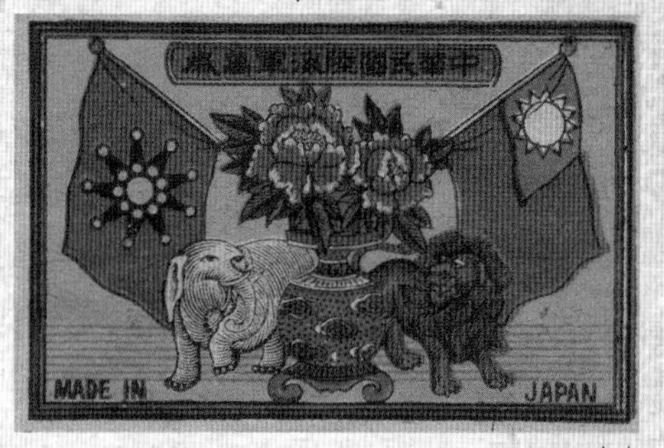

图7-278

图7-273至图7-277　日本华侨办庄（佚名）为中华民国海陆军政府而设计印制的一图多版别的纪念火花。

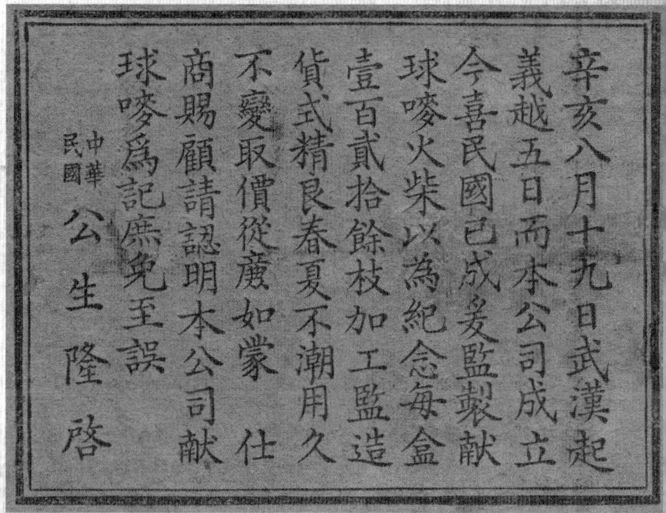

辛亥八月十九日武漢起
義越五日而本公司成立
今喜民國已成爰監製獻
球嘜火柴以為紀念每盒
壹百貳拾餘枝加工監造
貨式精良春夏不潮用久
不變取價從廉如蒙仕
商賜顧請認明本公司獻
球嘜為記庶免至誤
中華民國
公生隆啓

★★★

图7-279

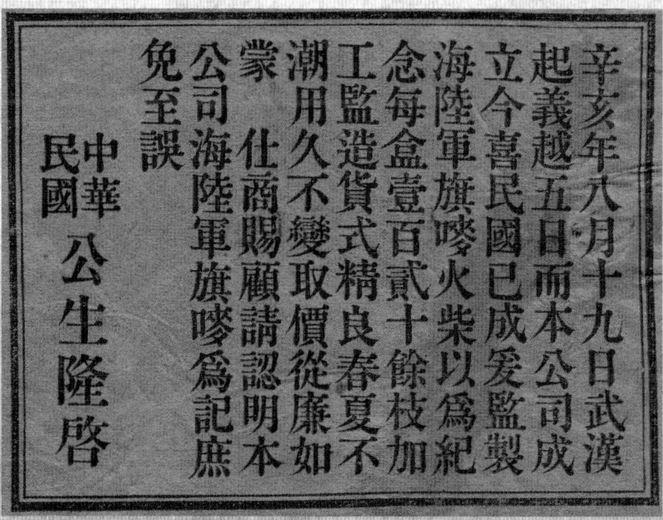

辛亥年八月十九日武漢
起義越五日而本公司成
立今喜民國已成爰監製
海陸軍旗嘜火柴以爲紀
念每盒壹百貳十餘枝加
工監造貨式精良春夏不
潮用久不變取價從廉如
蒙 仕商賜顧請認明本
公司海陸軍旗嘜爲記庶
免至誤
中華民國
公生隆啓

★★★

图7-280

图7-278至图7-280　日本华侨办庄（佚名）和公生隆为中华民国海陆军政府而设计印制的纪念火花。

督军署改悬“军政府”匾额。

1921年4月7日孙中山被国会非常会议选为中华民国大总统。5月4日宣布军政府取消，5日孙中山就任大总统职。总统府设在原军政府所在地观音山南麓。

1920年前，省城广州没有公园，孙中山建议将清代广东巡抚署改造扩建为广州市第一间公园，故名第一公园。1921年10月12日，在第一公园举行开国庆典，20万市民参加开幕仪式，时任广州市市长孙科到会发表祝贺演说。1925年改名中央公园，1967年改称人民公园至今。

图7-281 ★★★★

1923年10月15日，在第一公园，孙中山出席国民党恳新大会并发表演说，号召党员“应该想做大事，不可想做大官”。

图7-282 ★★★

1924年2月24日，孙中山出席在第一公园举行的国民党追悼列宁大会，主祭并亲书“列宁同志千古，国友人师”挽幛，悬挂追悼会场。会上命邹鲁代读祭父。

1924年11月7日，孙中山在第一公园出席了广州纪念苏联十月社会主义革命七周年大会，并演说“苏联革命成功之意义”。11月12日，孙中山在第一公园出席了广州群众欢送他北上的提灯晚会。由此可见，孙中山与省城第一公园是有渊源的。

图7-283 ★★★

第六节　孙中山逝世

毛泽东同志曾经说过：“中国反帝反封建的资产阶级民主革命，正规地说起来，是从孙中山先生开始的。”

孙中山出生于广东省香山县（今中山市）翠亨村的一个农民家庭。他是我国近代资产阶级革命民主党派的主要领导人，是中国共

图7-284 ★★★

图7-285 ★★★

图7-286 ★★★

图7-281至图7-286　1927年美商美华公司出品一图多种版别的“广东省城第一公园”纪念火花。主图绘一马路中间一座三灯的灯柱旗杆上飘扬着民国五色旗，两边分别是绿树婆娑下分列西式楼房，马路上行走着马车和人力车，展现了民国时期省城第一公园处城市闹区之中的景况。

图7-287 ★★★★

图7-288 ★★★★

图7-289 ★★★★

图7-290 ★★★★

图7-291 ★★★★

图7-292 ★

图7-293 ★★★★

产党建立前向西方寻求救国真理的先进思想家、政治家。他怀抱救国救民的凌云壮志，进行了推翻帝制的长期艰苦卓绝的斗争，期间经过了广州起义等无数次失败，也经历了数次流亡国外的危难经历。1911年辛亥革命推翻了清朝专制体制，孙中山被推选为中华民国临时大总统，建立了中华民国。灾难深重的中国开始走向共和。1924年1月，孙中山主持召开了中国国民党第一次全国代表大会，改组国民党，重新解释“三民主义”，确立了“联俄、联共、扶助农工”的三大政策，实行国共合作。他在历史上建立了不可磨灭的功勋，在政治上也为后继者留下了珍贵遗产。

1925年3月12日，孙中山在北京逝世，噩耗传出，举国上下万分悲恸！孙中山逝世后，段祺瑞欲派柏文尉、王来经办丧事，予以国葬。国民党拒绝，因为广东政府并未消亡，不能接受执政府之国葬，而决定党葬或国民葬。国民党亦采纳执政府指定之先农坛停灵地点，决定将孙之灵柩停放在中央公园社稷坛后面正殿。19日，孙中山灵柩自协和医院移至中央公园（今中山公园），途经长安街，沿途30万民众为之送殡。23日，国民党为孙中山举行公祭，参加者千余人。4月2日，孙之灵柩移往香山碧云寺石塔安放（图7-296）。又有30万人护送至西直门，2万余人自西直门步行护送至香山。全国各地及海外华侨均纷纷隆重举行追悼大会。中共中央为孙中山逝世致唁国民党，并发表告中国民众书，对孙中山表示极深之敬意。全国各地报纸、杂志出版悼念特刊，国内火柴厂及华侨侨居国办庄也相继推出了一系列的悼念孙中山的火花。孙中山为中华民国之元勋，无论国葬与否，其英名已深深铭刻在亿万人民心中。

其后根据孙中山遗愿，1925年4月18日，孙中山先生葬事筹备处选定南京钟山第二峰的南坡为陵墓地址。整个工程于1926年1月15日破土动工，历时7年，于1932年1月全部竣工。孙中山灵柩奉安大典于1929年6月1日在南京举行。建成后的南京中山陵沿袭了中国古代陵寝的规制，又以现代理念加以诠释和演绎，给人一种全新的认识。现在人们已不再把中山陵仅仅看做是一座陵墓，它已成一处融自然与人文景观为一体的胜地。

为赞颂缅怀孙中山伟绩，各地还将孙中山生前工作生活过的地方，辟建了纪念堂、纪念雕像。

图7-294 ★★★

图7-295 ★★★

图7-287至图7-295　当年日本华侨办庄宏昌选庄及国内的广东光中公司、广东光大公司、中山火柴厂、设址澳门古庙直街的火柴厂（佚名）为悼念孙中山逝世而设计印制了多种不同图版的纪念火花。

图7-296　★

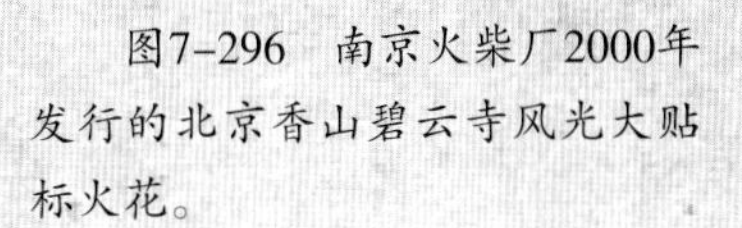

图7-296　南京火柴厂2000年发行的北京香山碧云寺风光大贴标火花。

图7-297　★

图7-298　★

图7-297、图7-298　南京火柴厂1988—2000年生产的中山陵风景名胜的卡标及大贴标火花。

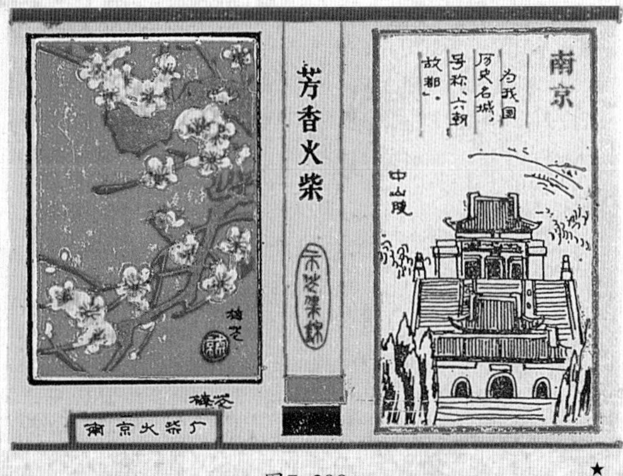

图7-299　★

图7-300　★★★★

图7-299、图7-300　广州巧明火柴厂和南京火柴厂发行的中山纪念堂及孙中山雕像火花。

特稿

辛亥革命火花缘何大多出自日本

文·图/黄振炳

2011年是辛亥革命发生100周年，海峡两岸都有一些大的纪念活动，与之相关的各类历史物品无疑将成为拍卖市场所关注的“宠儿”，其中辛亥革命历史火花，近来也在收藏圈内成为人们关注的热点。

但人们对于为何在当今收藏家手中见到的辛亥革命火花基本上都为日本制造而运销国内的这一现象，却不知缘由。殊不知，在辛亥革命成功后，国内见到的不少这类纪念火花，大部分都是经日本华商之手返销于国内的。针对这一类似集邮界“客邮”的历史火花，笔者试从两个方面来阐述产生这一现象的历史背景和原因，以期“拔出萝卜带出泥”，给读者有个交待。

一、孙中山与辛亥革命运动以及日本华商所给予的支持。

“华侨是革命之母”是孙中山先生的一句经典名言。在孙中山一生中，曾15次东渡日本，侨居时间累计9年半，约占其30余年革命生涯中的三分之一，故日本被孙中山视为“第二故乡”。说起日本华侨对孙中山的支持，主要是神户华商三江帮(江苏、浙江、江西)、福建帮、广东帮三个华侨社团所为，这“三帮”中各自最具影响的莫过于王敬祥、吴锦堂、麦少彭三位领导人物。

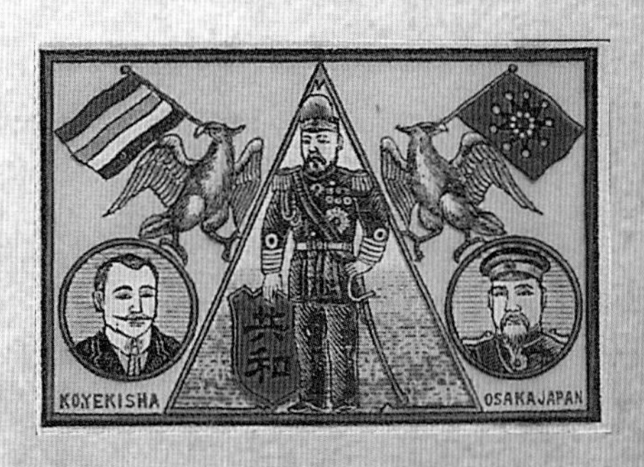

王敬祥（?—1923年），原籍福建金门县山后乡人。早年随父王明玉（王明玉实为王敬祥伯父，

因其无后，王敬祥自幼过继给伯父为子）在神户复兴号办庄做事，从继其父出任神户八闽公所（1903年改称神户福建商业会议所）第二任会长。1897年，孙中山流亡日本，王敬祥与其父是孙中山革命活动的忠实追随者，在经济上给予大力、无私的支持。1906年，中国同盟会在东京成立，王明玉和王敬祥均成为最早的同盟会会员。1908年，神户、大阪华侨正式成立中华商务总会，王敬祥被推选为董事长。王敬祥等人发起成立"旅日华侨统一联合会"（即中华总商会前身），1911年会所迁至神户，王敬祥出任会长。他为孙中山在日本的革命活动筹募了大量经费，他的复兴号贸易公司也成了革命党人的活动据点和支援国内革命的兵站基地。辛亥革命成功后，他将办庄移交给堂弟王敬施经营，自己直接投身于祖国建设和革命事业。1914年，中华革命党在东京正式成立，次年2月王敬祥被孙中山委任为神户、大阪支部长，经常随孙中山到处奔波。后随孙中山定居国内，至1923年在广州逝世，孙中山先生亲临吊唁。

吴锦堂（1855—1926年），原籍浙江慈溪人。1882年吴锦堂由上海前往日本经商，1887年与人合伙在大阪设立义生荣办庄，1889年开始定居神户，并设立怡生号办庄。1894年被清廷驻日公使任命为"神户旅驻大清商人公举商董"，是神户中华会馆、神户三江公所的总代。辛亥革命之前，神户华侨界总的政治倾向是支持立宪派，而吴锦堂当时正是华侨界的领袖人物。辛亥革命爆发后仅一个多月，（大）阪神（户）700多名华侨于11月26日在中华会馆集会，决定成立中华民国侨商统一联合会，声援辛亥革命。12月8日，600多人在中华会馆举行盛会，欢送由38名青年组成的神户义勇军同横滨44名敢死队员前往上海。中华民国南京临时政府成立后，孙中山任临时大总统，吴锦堂更旗帜鲜明地支持新生共和政权，捐赠上海、宁波军政府白银2.65万元和1.84万元，并出任浙江省军政府财政水利顾问。在孙、袁开始"南北会谈"时，新政府曾动议向日本方面借款，吴锦堂作为汉冶萍公司的大股东，与日本三井洋行、正金银行有着商业关系，随时与孙中山保持联系，终因国内舆论强烈反对而作罢。1913年3月13日，孙中山以全国铁路总督办的身份到达神户，神户华侨代表1500余人集会欢迎，吴锦堂作为国民党神户支部长，几乎全程陪侍左右，在自己的松海别庄举行聚餐会招待孙中山先生，并在庄前摄影留念。1924年11月，孙中山最后一次抵达神户，在神户发表了著名的"大亚细亚问题"演讲，吴锦堂再次安顿孙氏夫妇入住松海别庄。当年吴锦堂的私人别庄移情阁，如今已成为日本"孙中山纪念馆"。1925年4月，在吴锦堂的慈溪故里国民政府为其举行铜像揭幕仪式，由总理孙宝琦书像名。

麦少彭（1861—1910年），原籍广东南海大瀛乡人。1881年随父麦梅生赴日本经商，在神户开设怡和洋行办庄，主要以火柴贸易为主，1902年单出口火柴一项达110多万日元，占华商出口额一半以上。麦少彭还投资日商火柴制造业，与日商泷川辨三父子共同经营清燧社火柴厂。1900年，在梁启超的鼓励下，在神户创办华侨同文学校，自为首任总理（理事长），特邀日本名士犬养毅（后成为日本国总理）为名誉校长。犬养毅因孙中山挚友宫崎寅藏的推荐，与孙中山结为知己。1909年，麦少彭与王敬祥、吴锦堂等人共同倡办神户中华会馆，吴锦堂担任会长多年。19世纪

中華民國
共和四傑
MADE IN
JAPAN

中華民國
共和四傑
MADE IN
JAPAN

萬歲
頂上火柴
中華民國
MADE BY N.K.M.S.K. KOBE JAPAN

天下太平
中華民國
萬歲
N.K.M.S.K.KOBE.

共和國
MADE IN JAPAN

興漢偉人

共和三傑
TIKHOHIEN
德河興
SEMARANG
SAFETY MATCHES

還我
山河
KOYEKISHA
JAPAN

下半叶，神户广业公所（广东公所）成立，郑雪涛、麦少彭成为该所领军人物。

这里，我们选择辛亥革命前后神户华界三江（江苏、浙江、江西）、福建、广东三帮中掌门人王敬祥、吴锦堂、麦少彭，以点带面论述了辛亥革命前后，以孙中山为首的革命活动，与日本华侨有着一层盟友的政治关系。至于20世纪初，大批留日学生和名人志士如黄兴、宋教仁、汪精卫、廖仲恺、陈天华、胡汉民、章士钊、秋瑾、鲁迅、邹容、林觉民、陈独秀、蒋介石……他们也曾东渡日本开展反清革命活动，肯定也或多或少地得到了当地华人及社团在人力和财力上的鼎力援助。对本文而言，这又是一个很深的课题了。

二、神户华侨办庄在支持辛亥革命的同时，也大肆利用国内这种政治需要和民众喜闻乐见的心理，借势发挥，达到其经济上的贩销营利之目的。

1887年至1896年属于日本轻工业的草创时期，在神户首先兴起的是火柴制造业(神户火柴业肇始于1877年)。依靠妇女和贫儿的廉价劳动力和低成本制造，以及神户华侨办庄的大量出口，扩大了消费，刺激了再生产，使该业在神户迅速崛起。泷川辨三和泷川仪作父子经营的清燧社，就是在这个时期成为日本火柴业龙头企业之一。

三江帮吴锦堂开设的神户怡生号，1892年开始向日商定制“双妹牌”火柴，贩销上海、苏州一带。1894年，中日甲午战争爆发，大批华侨回国，吴锦堂仍滞留神户，并开始接手清燧社的火柴买卖，成为泷川辨三的出口代理商，将“龙船牌”等大量日制火柴销往长江流域和上海地区，火柴贸易成了吴锦堂发财的主要渠道之一。

刚开始贩销国内的日本火柴有两种：一是以黄磷为原料的火柴，其生产和使用均有毒有害；二是以赤磷为原料的安全火柴。向中国市场出口黄磷火柴成本低，利润高。面对日商和华侨办庄大量制造出口这类火柴，吴锦堂决定和日商泷川辨三、泷川仪作父子联合，共同经营清燧社。吴锦堂又利用他在上海“宁波帮”的关系，亲自随船往返，在火柴销售地进行实地考察，了解到把握进出口时间对火柴营销的重要性。解决了营销过程中火柴容易受潮，如长期滞留，引火时会变得不耐用的问题。1910年吴锦堂决定在上海开设“义生洋行”，并于5月16日在上海《神州日报》刊登广告：“新开的义生洋行专售红黑头火柴”，向沪上商界和市民广而告之。之后，再设“裕生洋行”于沪上，聘杜炳卿为经理。这两家洋行作为神户“怡生号”在国内的办事机构，保证了火柴贸易中质量和价格的合理，他也从这些措施的实施中获取了更大的经济利润，很长一段时间里，“义生”和“裕生”商号，总理着吴氏在祖国火柴业的投资活动。如吴锦堂与泷川仪作合资在1921年、1923年分别创办了镇江燧生火柴厂、上海燧生火柴厂（今上海火柴厂的前身），他都是主要股东之一。1910年吴锦堂得知宁波正大火柴厂经营不振，处于停顿状态，命下属徐蕙生从神户怡生号返回接办正大厂。徐蕙生的父亲徐孟彬是吴锦堂当初到上海就业和赴日经商的介绍人和担保人，“滴水之恩涌泉相报”，吴锦堂在海外发迹后，将徐孟彬的两个儿子徐蕙生和徐礼芷带到日本，在他身边做事，并将长女梅仙嫁于徐孟彬的儿子徐礼芷。宁波正大和以后的上海正丰火柴厂又是一脉相承的。这里说些题外

中山
火柴

共和偉人

三民主義
五權憲法

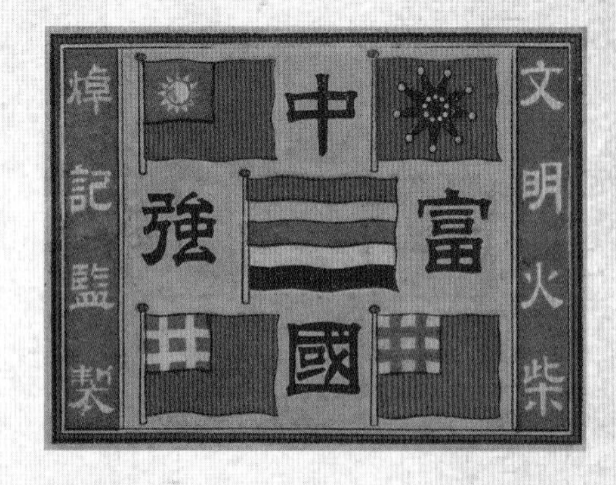
文明火柴
中國富強
焯記監製

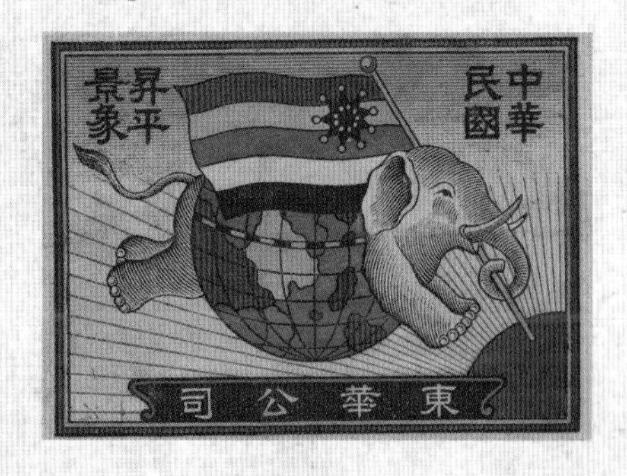
中華民國
昇平景象
東華公司

愛國

昌盛隆

话，盛怀宣经办的汉冶萍公司，吴锦堂是大股东。吴参与了虞洽卿集资创办的宁绍轮船公司（吴锦堂的长子启藩娶虞洽卿堂妹镇海虞彩莲为妻），“三北同乡会”虞任会长，吴任名誉会长，并与虞一起筹建“三北赈灾会”。吴作为日本钟渊纺织公司的大股东，1906年在上海创办中日合资“上海制造绢丝股份有限公司”（今上海第一绢纺厂前身，厂址今曹家渡花卉古玩市场），当时中方的总经理是朱葆三，查账员为王一亭，他们都是吴的熟人。吴还是南通张謇大型轻纺企业大维公司的投资人之一。

广东帮麦少彭是吴锦堂在华侨友人中最为知己的同行。他生于1861年2月，在故乡待到27岁后，才赴日继承父亲麦梅生在神户创办的怡和洋行办庄，进行火柴贸易活动。至今，火花界因不知情，误将清末民初贩销国内的“怡和洋行”火柴，当做英商在中国从事鸦片及茶叶贸易开设的“怡和洋行”。麦少彭性格豪放，与内向好静的吴锦堂形成性格上的互补，麦少彭在神户华商界享有很高威望，具有一定领导才能，惜于1910年1月在香港病逝，终年49岁。作为吴锦堂的盟友，他以投资经营火柴业和贸易业为主，与泷川父子合作，经营清燧社的火柴工厂，将“猴唛”等众多牌号火柴销往广东和东南亚地区，为神户华商火柴贸易中的龙头老大，被神户华商界尊称为“火柴大王”。

福建帮王敬祥是复兴号的总经理，其在从事火柴贸易方面逊色于麦、吴两位。他自1911年被选为“中华民国统一侨商联合会”主席后，基本上将其精力大部分投身于孙中山从事的革命活动中去了。在早期历史火花上，最著名的就是印有“王敬祥监制”的“戒鸦片烟灵草图”商标，被收藏家竞相视为火花珍品。当然，复兴号以“福建会馆”之名义负责监制的公益性广告火花还有许多种。据1902年神户火柴出口贸易统计，火柴总额6 760 907日元，华侨办庄火柴贸易占到其中40%。麦少彭、吴锦堂、王敬祥的排名分别为第1位（1 100 782日元）、第3位（143 418日元）、第14位（29 646日元）。但从支持孙中山先生从事革命活动业绩上比较，恰恰相反，其顺序是王敬祥、吴锦堂、麦少彭。

19世纪90年代，正值日本轻工业发展时期，对日本而言，火柴是工业产品的出发点，而在中国则为日常必需品，故其贸易为相互必需，获利亦颇巨。至20世纪，日本火柴的四分之三出口于神户。除上述三者外，当时经营该项生意红火的火柴办庄还有同孚泰号（叶启、郑雪涛、潘霖生）、利兴成号（黄文山）、合昌号（陈源来）、裕贞祥号（黄郁南）、联昌盛号（黄景舒）、润裕号（孙润裕）、复裕号（马聘臣）、广骏源号（黄礼兰）、三和号（沈杏村）、同庆号（夏雨农）等等。其中黄文山的利兴成办庄在神户的火柴出口业绩仅次于麦少彭的怡和洋行。利兴成买断大阪公益磷寸社“舞龙”、“舞狮”两个牌子，作为专利，再与公益社合作，在成本质量不变的前提之下，把火柴由粗枝改为细枝，一盒由原80枝成了120枝，深受消费者欢迎。使他的“舞龙”、“舞狮”牌火柴一下子风行整个中国南方，广东、广西、云南、贵州各省厂商纷纷仿制，投放市场，以致“群龙起舞”，广受欢迎。滑稽的是，1909年利兴成回国承顶巧明火柴厂（该厂由日本归国侨商卫省轩创办于1879年），后人误将“舞龙”视作巧明厂最早使用的商标，导致将错就错使“舞龙”登上了中国第一枚

共和愛國
MADE IN JAPAN

共和萬歲
紀念
WAKATAKE HIOGO JAPAN

共和萬歲
紀念
榮記公司

共和萬歲
紀念
光記公司

中華民國萬歲
自由鐘
裕貞祥行選製

SAFETY MATCHES
警世鐘
MADE IN JAPAN

火花的“宝座”。神户华侨办庄回国投资民族火柴业，在近代比比皆是，非常普遍。合昌号陈源来曾于1919年在上海南汇周浦镇创办中华火柴厂。上海“孤岛”时期，“火柴大王”刘鸿生让陈源来的儿子陈伯藩作为“大中华”董事长，与日商进行斡旋。润裕号孙润裕后来成为1932年创办于上海闸北平江桥的中国火柴厂常务董事兼经理。在广东，规模较大的民族火柴业基本上都是神户华侨办庄回国投资创办起来的。日本火柴能大量流入上海，作为本地的不少东洋办庄（本庄）也起到了里应外合的“二传”作用。如1890年辛仲卿开设的上海义盛荣东洋庄，其在神户设“泰昌东”代办庄，聘吴锦堂为经理，经销“和合”、“红衣”牌火柴；章瑞峰1875年就开设上海盈丰泰东洋庄，经营“昭君”、“美女”牌火柴；再有陈源来、余芝卿等投股于1908年创办的上海和昌盛东洋庄，专销“老虎”牌火柴，余芝卿 1928年还回沪投资创办了大中华橡胶厂；还有前面提及的吴锦堂在上海开设的“义生洋行”等等。

以上从两个方面论述了在日华商在辛亥革命前后，有关政治上、经贸上的种种关联。但似乎我们还不能具体地说明，大量辛亥革命火花究竟出自于哪些华侨办庄之手。到目前为止，这确实还是一个学术上的空白。

我们知道，在日本开港之初，华侨在日本经商经历了从合法到非法，从寻求英商等外国庇护到1871年《中日修好条规》订立，其合法性最终才被清政府所承认这么一个过程。但根据《中日修好条规》，清朝领事对于两国商民之间的纠纷，仅可以随时“旁听”，但对日本法庭对于牵涉中日双方的裁判，却无权表明自己的意见。《中日修好条规》看似在形式上对等，却不能消除在实施过程中的不均衡。在中国国内法体系中对侨商在外利益保护的严重缺失之下，国内法律体系根本不适应华侨办庄应对各种形式的商务纠纷。以商标为例，中国真正具有法律效应的商标法到1932年5月才迟迟出现。在这些法规没制定出来以前，华商和驻外事机构拿不出可依据的国内法来与外商争取权益。如福建帮黄礼兰经营的广骏源办庄，1879年在神户开设火柴工厂，由于当时国内不允许日本厂商在内地设厂制造，导致侨商在日开办制造业一直处于争议状态。黄礼兰愿意与日本制造商缴纳同样的税金，但是没有得到许可，只好于1898年8月将工厂从名义上转让给英商经营，以免被政府查封。1890年日商还指控广骏源仿造商标，借此不提供原料来挤压广骏源，而事实上当时日商和侨商都存在仿照欧美商标这一现象。这也是许多神户华商在经营火柴贸易时，不可在中国，而只能在日本登记商标的原因。从明治四十五年（1912年）开始，复裕号马聘臣、合昌号陈源来、同庆号夏雨农、三和号沈杏村等许多三江帮办庄纷纷以中国国籍身份，向日本政府“登录”（注册）许多以辛亥革命为内容的“摺附木”（火柴）商标，其中在“登录”目录中就发现沈杏村注册的“共和国”（孙、黄、黎三伟人）火花，今天已成为火花中珍品。当时，正是神户华侨办庄通过这种手段，将大批这种反映时势、百姓喜闻乐见的火柴，源源不断贩销至上海、镇江、芜湖、南京、宁波等江南大部分地区。

至于许多辛亥革命火花上只注明“MADE IN JAPAN”（日本制造），而不标明任何厂商制造的另一原因，据美国著名学者高家龙在《进入上海租界的三条道路：1895—1937年火柴业里的日本、西方和华资公司》一文揭示：“在三井物产（三井洋行）经营火柴以前，中国的综合商社，如以神户或大阪为基地的怡和号（麦少彭）、怡生号（吴锦堂）、同孚泰号（潘霖生等）、利兴成号（黄文山）等已与多家日本火柴制造商签订了具有约束力的协议。这些中国商号在生产和销售的每一个环节上给日本生产厂家以资助，如向厂家提供贷款、提供将产品运往海外的运输手段、在中国销售火柴等。为了阻止日本生产厂家在国外市场自销，这些中国商号对所有从日本生产出口的火柴商标实行全面控制，它们在火柴盒上贴上各自的标记，从不注明日本生产厂家的名字。”另据1893年英国驻上海领事哲美森在是年上海贸易和商业报告中统计，该年日本火柴在上海的进口值达到66 000英镑，而欧洲产的火柴，进口值仅15 000英镑，日本火柴继英国、德国、瑞典、比利时、奥地利之后，开始成为对华火柴贸易中的一匹“黑马”。20世纪初，日本火柴四分之三出口于神户，其总额 6 760 907日元，华侨火柴贸易占到40%。实际上，这一由日本磷寸工业会在《磷寸年史》中统计的数据是远远不足的。据曾在神户华侨办庄经营过火柴生意的黄福山本人著述（《解放前广东火柴工业概貌》，1964年出版）中指出：“其中80%的东洋火柴是日本华侨办庄经手从日本贩销国内的。”

总之，综上分析，神户华侨办庄在经销办庄固定牌号火柴之外，以辛亥革命为题的纪念火柴基本上属于“短、平、快”的时髦产品。它在流通营销上具有时效性，机不可失，时不再来，许多华侨办庄纷纷抓住了这个机遇。

（作者：上海《大众收藏》杂志主编）

参考文献

1.夏东元.二十世纪中国大博览.吉林人民出版社.
2.林育和，欧阳军喜，舒文.辛亥革命史.人民出版社.
3.李宇鹏，汪鹏生，倪三好.孙中山全传.江西人民出版社.
4.孙穗芳博士.国父孙中山先生纪念集.华人国际新闻出版集团.
5.韩文宇.话说民国.凤凰出版传媒集团出版.
6.余齐昭.孙中山大元帅府纪念馆.
孙中山文史图片考释.广东省地图出版社.
7.茅家琦，徐梁伯，马振犊，严安林，等.中国国民党史.鹭江出版社.
8.王晓华，张庆军.中华民国之谜.黄山书社.
9. 黄振炳.上海·大众收藏.
10.亚洲火花学会会刊.亚洲火花.
11.李晖.火花博览.
12.童林，宋继光.星瑶藏馆.
13.李伟钦，邓桂好.广州火花与门券.
14.于顺，杜少泉，刘观勤.津城花坛.